아날로그 169.3MHz
Analogu

아날로그 169.3MHz

Analogu

김기평 · 정태겸 시집

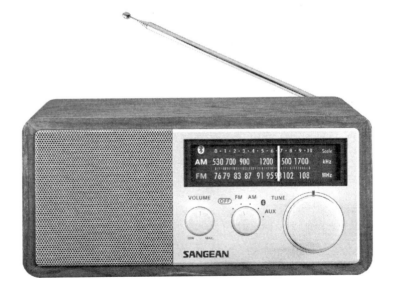

한 편의 시가
세상 속에 비칠 때
나는 예리한 독자 편에 서서 바라보고 싶다.

시는 나에게 자식 같은 존재라
제각기 이름표처럼 사랑받고
꽃 피울 수 있기를 바라는
어머니의 심정이라 할까!
시가 밝은 사회 좋은 세상 열어가는 데
인연의 끈으로 이어지고
배부른 빵이 될 수 있으면 좋겠다.

거창하지는 않지만 모자 등단에
맞짱 들어
첫 시집으로 인사를 올립니다.

책을 사랑하듯
시를 사랑하는
인연분들께 감사드립니다.
또 새로운 인연으로 회초리 되어주실 분들께도
감사드립니다.

– 김기평

■시인의 말

안녕하세요.

가끔 카페에 들러 에스프레소를 맛봅니다.

산미, 쓴맛, 단맛, 후미, 짠맛.

우리 인생과 참 맞닿아 있습니다.

글에서 좋아하시는 맛 선택하시어 즐겨주시면

감사하겠습니다.

— 정태겸

■목 차

정태겸

아날로그 169.3MHz
Analogu

—

김 기 평

가을은

눈길 닿는 곳마다 아름답게 하시고
마음 닿는 곳마다 웃게 하시고
손길 닿는 곳마다 풍족하게 하시네

모든 것을 높게 보도록 허락해 주시고
모든 것을 넓게 보도록 베푸시니
용서가 안 되는 것도 없고
다 사랑하게 만드시니 당신은
위대한 가을입니다

같은 눈높이

니도 내 좋고
나도 니 좋다
서로가 좋으니
행복하다

니가 웃고
내가 웃으니
살맛난다

산다는 건 이런 거야

강순의 할머니를 생각하며

광주에 가면은 나도
여장부를 만날 수
있을까요
마음은 비단같이
고운 사람
눈빛은 인정으로
꽉 차있는 그 여인을
만나볼 수 있을까요
하늘이 내게도 약간의
인연을 남겨두었다면
만날 수 있겠지요
그리운 마음
궁금한 마음
가득 안고 잠든 밤
꿈속에서 그 여인을
만날 수 있었지요

그리운 마음처럼
짐작했던 마음처럼
마음은 비단같이
고운 사람
눈빛은 인정으로
꽉 차있는 눈물 많은
세상 모두의
어머니였습니다

검정 고무신

엄니 검정 고무신은
왜 사셨나요
누굴 주시려고요
엄니는 아무 말 없이
봄꽃같이 웃으셨다

엄니 검정 고무신은
왜 사셨나요
누굴 주시려고요
엄니는 아무 말 없이
손가락으로 가리켰다

혼미한 정신 속에
한처럼 맺혀있던
엄니만의 사랑
표현이었다

고향

내 고향 겨울밤은
자고 일어나면 논밭에
하얀 선물이 가득

내 고향 겨울밤은
방문을 걸어 잠가도
코끝이 시렸는데

내 고향 겨울밤은
조명보다 빛나는
반짝이는 별들이
잔치를 열었는데

하나둘 정든 얼굴은
하늘로 소풍 떠나고
나이 든 당산나무가
고향을 지키네요

고맙다는 말

자네는 말하고 사는가

아내에게 고맙다는
인사말 몇 번 하는가요

아내 두 손 꼭 잡아주며
마음 몇 번 읽어 주는가요

굳이 말해야 아느냐며
오히려 알아주길
바라지는 않는가요

그러지 말아요

눈치 없는 사랑
부족한 사랑은
이제 bye bye 하세요

따뜻한 눈빛도 좋지만
알아주는 말 한마디가
아내에게 보약이랍니다

고이 가시옵소서

갈까 말까
망설이는 남자여
막차마저 놓치면 당신은
이 사람의 포로가 됩니다
쌓여있는 정마저 가져가시려면
이 밤에 떠나시길
미련 없이 보내 드리올 테니
고이 가시옵소서
갈까 말까
망설이는 남자여
막차마저 놓치면 당신은
이 사람의 포로가 됩니다
먼 훗날 당신의 이름 석 자
기억에서 멀어질 날도 있겠지요
어쩌다 소식을 접하게 되면
안부 정도는 물어보겠어요

쌓여있는 정마저 가져가시려면
이 밤에 떠나시길
미련 없이 보내 드리올 테니
고이 가시옵소서

구름 한 점

꽃바람이 그리웠나
산을 타던 먹구름 한 점
팔공산 목젖 장화 신은
신선에게 잡혀버렸구려

그 사람

그 사람이 좋더라
내가 울 때 울어주고

그 사람이 좋더라
내가 웃을 때 웃어주고

그 사람이 좋더라
내 얘기에 쫑긋 귀 열며

오로지
내 편이 되어주던 사람

궐문 나가는 임금님

몰래몰래 궐문을 나가신다
백성에게 들킬세라
분장하고 치장하고
몰래몰래 쪽문을 나가신다
비단옷을 벗어놓고
비단신발 벗어놓고
백성들의 살림살이
백성들의 설음을
귀로 듣고 마음에 새긴다네
아주 가끔은 이보소 임금님도 민심을
물어본다네

임금님도 사람이요
좋다는 말에 표정관리 노노노노
싫다는 말에 표정관리 노노노노

궐 안에 소문났네
궐 밖에 소문났네
밤마다 궐문으로
밤마다 쪽문으로
임금님 출타에 신하들은
안절부절
임금님 출타에 백성들은
좋아 좋아
백성들의 살림살이 궁금하여
알아보고 살펴보는 임금님도
신이 났네

그대

돌아서는 그대
너무 슬퍼 보여
함께 가야 할 곳도 많은데
같이 먹고 싶은 것도 많은데
차갑게 느껴지는 이 마음은 뭘까

창을 타고 내리는 빗물 같은 사랑
어느 봄날
아지랑이가 되어 온 키 작은 사랑
곁에 있어 달라 말하기 전
작은 바람에도 견디지 못하고
떠나간 사람

꼴망태

자고 나면 앞다투어
달빛 받아 피어난 달맞이꽃
한아름 꺾어다가
꼴망태에 담았더니
꽃망태가 되었네
웃는 모습이 꽃을 닮은
누이에게 선물로 주었다오

그리운 동생

동생아 아무리 바빠도
밥 잘 먹고 잠 잘 자고 지내야 한다
떨어져 있을수록 더 자주
목소리 듣고 살자
어릴 때는 비슷비슷하게 키가
자란다고 생각했는데
어느 날인가 가까운 시선에서
널 보니 세월의 흔적들이
묻어나 보이더라
요즘 네 생각이 참 많이 나는구나

동생아 아무리 바빠도
밥 잘 먹고 잠 잘 자고 지내야 한다
가까이 있을 때 더 자주 얼굴 보고
네 얘기 많이 들어줄 걸 후회가 된다

어느 날인가 가까운 시선에서
널 보니 인생의 아픔들이 느껴지더라
요즘 엄마 생각이 참 많이 나는구나
왜 그리 비가 오면 싫고 눈이 오면
싫어하시는지를
어찌할 수 없는 어머니의 간절함이
기도 속에 너와 함께 있더라
동생아 바쁘더라도 건강 챙기며 살자 응

꽃 세상

나서기 쑥스러워하는 꽃
부끄러움에 떨고 있는 꽃
사람들의 눈길을
사람들의 마음을
단번에 사로잡은 꽃

같은 얼굴
각기 다른 얼굴로
세상 밖으로 나와서
사람들 가슴에
한 송이 꽃이 되어주는 꽃

꽃 천지

버려진 땅에도 꽃은 피어나고
상처받은 가슴에도 꽃은 반기더라
산과 들에 꽃들이 축제를 여니
산도 웃고 들도 웃네
길목마다 달콤한 꽃향기에 벌 나비는
좋아라 짝을 지으며 잔치를 벌이니
온 천지가 꽃 천지가 되었네

꿈

꿈이 자라듯 키가 자랐다
키가 다 자라기 전
꿈을 먼저 이루고 싶었는데
꿈은 꽃망울만 피우고
활짝 피우지 못했다
나는 오늘 그 꿈에
날개를 달고
넓은 세상으로 나가
활짝 피우련다

나는 그래

나는 네가 있어서 좋다
너만 생각하면 눈이 반짝인다
나는 네가 있어서 좋다
너만 생각하면 입이 웃는다

책을 읽다가도
좋은 글을 보면 너를 생각한다
어깨 위로 어둠이 무거운 날도
너를 생각하면 웃는다

나의 하루는 네가 있어서
더 행복하다

나는 파랑새

당신과 나
인연이 닿아
끈끈한 정 하나로
살고 있지 않소
힘들 때 제일 먼저
생각나는 얼굴
좋을 때 첫 번째로
떠오르는 얼굴
당신 어깨 기대며
당신 등에 기대며
나는 매일 희망을
속삭이는 파랑새

내 사랑 안녕

다시 기다려달라 하면
못 기다려요
몰라서 기다려온 길
그댈 알고는 더는
기다려줄 수 없는 마음

다시 기다려달라 하면
못 기다려요
몰라서 기다려온 길
그댈 알고는 더는
기다려줄 수 없는 사랑

알아도 속아주고
아파도 참아주며
걸어온 그 길
이제는 영영 안녕
이제는 bye bye
내 사랑 안녕

내 생에 봄날은

사내답게 큰소리 뻥뻥 쳐놓고
고향 산천 떠나왔지만
돈 벌고 성공하며 사는 삶이
그다지 쉽지가 않네
타향살이 한숨 깊어진다
흘러가는 저 구름이 야속하고
잘나가는 동창생 소식이
그다지 반갑지만은 않구나
헛된 욕심으로 부귀영화
꿈꾸지 말라시던 엄니 말씀
생각나네 생각나네

새기며 살아가는 대장부 인생
언제 봄날이 와 폼 나게 뽐내며
고향길에 오를 수 있을까요
내 생에 어서 빨리 봄날이 찾아와
엄니 근심 내려놓고 사는 모습 보고 잡다
엄니 손 꼭 잡고 사방팔방 놀러 가고 잡다

내 탓이오

잘난 욕심은
먼 훗날
죽음도 두렵지 않게
하시고

못난 욕심은
먼 훗날
죽는 것을 두려워
하게 하시니

어찌
신이 공평치 않다며
입으로 하소연
하리오

모든 것은 내 탓이오

넌 예쁘다

예쁘다
꾸미지 않아도
너는 예쁘다
원래부터 넌 예쁘다

네잎클로버

작은 꽃들 사이 이슬을 머금은
외톨이 네잎클로버
행운의 주인공 만나기 위해
땅 밖 세상에 얼굴 내밀었네
선한 인연 만났으면 좋겠다

노후가 물들 밭

세월의 맛을 품고 있는
시골 밭으로 소풍을 왔다
잡초랑 가족을 이룬 풀꽃
눈동자는 시간 여행을 했다

밭은 짙은 푸른색 이불을 덮고
기름진 미래를 위한 몸단장 중
나는 청춘의 향기를 맡으며
실크 빛 해를 기다렸다

희끗한 노후가 붉게 물들 밭
씨앗이 꽃필 무렵이면
꿈도 익어가고 있을 거야

누렁이

우리 집 문지기는 누렁이
할아버지 말벗이기도 합니다
에헴 헛기침 소리에도
큰 눈을 껌벅이며 표정을 읽어요
그런 누렁이가 나는 좋아요
우리 집 문지기는 누렁이
대문을 열면 가장 먼저 반겨줍니다
워낭소리로 할아버지 길동무가
되어주는 누렁이가 나는 좋아요

눈꽃이 수놓은 길

길 위에 꽃이 폈다
순백의 요정들로
늘어지게 풀린 솔가지
하얗게 면사포 쓴 새들이
사랑을 속삭인다

잔잔하게 펼쳐진 밀 보리밭
눈꽃으로 묻힌 시간
빛을 품은 해가
방긋 웃기 시작한다

능소화

내가 너의 이름을 불러주기 전
너는 나의 꽃이 되었다
가장 편안한 자리에
너를 내려놓았구나

눈으로 보고
마음으로 품었는데
그래도 아쉬움 남아
사진 속에 너를 남겼다

님이여

님은 마지막 가는 날까지
사랑이라는 꽃씨를
뿌려놓고 갔습니다
그리운 마음에 잠 못 들 때
꽃길을 따라 내 맘 달래 봅니다
깊은 밤은 침묵 속에 잠들고
어디선가 들려오는 소쩍새 소리
그리운 마음을 깨웁니다
님이여 님이여
다시 만날 그날 위해
님 향한 그리운 이 마음은
별이 되어 꽃길을 밝히 오리라

다 좋아

그냥 좋아
이유 없이 좋아
원래부터 그래서
그래도 어디가 좋아
다 좋아

단골비

오는 비는
신호등도 없고
브레이크도 없나 보네

비는 그렇다 쳐도
깨춤 추는 바람은
눈치라도 있으면 좋겠는데

의지와는 달리
단골 비에
시름이 깊어지는구려

단팥빵

속상해서 울고 있는데
해는 자꾸 웃으라며 놀리네요
철없는 나이 때는 다 그렇다며

찬장 속에 숨겨놓은 단팥빵
어제 먹으려다 침만 발라 놓았는데
한 입도 남겨놓지 않고
눈 밝은 생쥐가 물고 가 속상하네요

도회지에 사는 아재가 와야
먹을 수 있는 단팥빵
머리를 긁어 보았지만
언제 올지 나는 몰라요

속상한 내 마음 톨톨
해는 알고 웃으라고 놀리네요
아재가 빨리 왔으면 좋겠어요

돈돈돈

돈돈돈 하지 마라
돈돈돈 한다고 벌더냐
학창 시절에는 공부가
제일 어려운 줄 알았는데
그게 아냐 그게 아냐
부모님 호주머니는 날마다
딸랑딸랑 동전 소리
자식들 주머니는 세종대왕
그때가 좋았지
타 쓸 때가 좋았지

돈돈돈 하지 마라
살아보니 수학공식보다
영어 단어 외우는 것보다
돈 버는 게 제일 어렵더라
돈 버는 게 제일 힘들더라
인생살이 고단해도 한 세상
인생살이 재미나도 한 세상

돈돈돈 하지 마라
울다가도 웃게 해주는 돈
웃다가도 울게 해주는 돈
있으면 있는 대로
없으면 없는 대로
웃으면서 한 세상
행복하게 사는 거야

돋보기

반쯤 보이던 세상이
크게 보였습니다
아들이 이끈 손을 잡고
안경점에 갔습니다
노안은 나와 함께
나이 먹고 있었는데
받아들이기 싫은
고집 때문에 미뤘습니다
아들이 사준 돋보기를
끼고 나니 잘생긴 아들의
마음 훤히 보였습니다
오늘은 아들에게
고맙다는 문자를
남길까 합니다

동자승

눈이 부시게 푸르른 날
고요한 산사를 깨우는
새들의 합창
지난밤
보슬비가 내렸나요
동자승 고무신에
쉬라도 한 듯
반짝이네요
속세에 두고 온
어머니가 그리워
밤마다 베갯잇을
적시는 동자승
말동무가 되어주던
산들바람이
천일홍을 흔들어
동자승 앞뜰에 꽃씨를
뿌려주네요

땡잡았네

땡잡았네 땡잡았어
내가 당신을 만난 건 행운이야
세상에 많고 많은 꽃 중에
귀하고 귀한 보배의
주인공이 되었으니
살았어 이보다 좋을쏘냐
사랑을 모른 남자의 가슴
뜨거운 피가 흐르네

땡잡았네 땡잡았어
하늘과 땅 당신과
부부 연 맺게 해주며
좋은 세상 손 잡고
구경하며 살라시네
살았어 이보다 좋을쏘냐
사랑을 모른 남자의 가슴
날마다 사랑 꽃이 웃네

무관심

상처받은 꽃
숨어서 울고 있네
내 눈에 보여서

위로받고 싶은 꽃
몰래 훌쩍이고 있네
내 눈에 들켜서

알면서 눈 감지 말아요
알면서 외면하지 말아요
무관심이 아프답니다

말하자

그리 멀지 않은 곳에
그녀가 있음에 음
늘 그림자만 쫓는
텅 빈 나
두 눈을 감으면
눈앞에 있음에 음
늘 그림자만 쫓는
가면 속 나
달라진 것도
사라진 것도
하나도 없는데
그녀에게 있어서만
나는 작아지네
나는 꿈속에 노닐며
진실한 말을 아니하네
솔직하지 아니하네

해는 바닥으로 내려앉고
달은 다시 떠올라
내일을 약속하는데
봄바람이 떠나기 전
그녀에게 다가서며
고운 손 잡아주고
내 사랑 받아달라 말하자
내 사람 되어달라 말하자
우우우 우우 우우우 우우

무엇이 먼저이고

서리 댓바람 맞으며
뿔난 황소처럼 뛰어가더니
작년 이맘때쯤
엽전 들고 튄 머슴 종이라도
붙잡은 것일세
세상사 다 바쁘지
아니 바쁜 게 무엇 있으랴
이보시게 사는 동안
죽고 사는 일보다 바쁜 것은 없다네
잊고 살지는 마시게

밤

가까이 가면
밀어내는 사랑

손으로 만지면
아픈 사랑

첫가을
첫날

기다려 준 보답으로
말문을 열며
알알이 쏟아낸

토실토실 밤 토실
사랑이라

백 일째 되는 날

너를 만나러 가는 길
햇살은 따사롭고
길가에 핀 코스모스
좋았어 춤을 추네
너와 나 만난 지 오늘이
백 일째 되는 날
랄랄랄랄랄

그녀에게 줄 선물을
생각하며 알바했죠
내 맘 받아줘 고맙다는
손 편지도 준비했죠
숨길 수 없는 기분 때문에
뜬 눈 올인 두 눈은
퉁퉁 부었지만 행복해
너와 나 만난 지 오늘이
백 일째 되는 날
랄랄랄랄랄

서로 느낌이 좋은 우리
너밖에 모르는 내가 될 거야
날 믿고 따라와 달라며
오늘은 고백할 거야

벚꽃

눈을 뜬
연분홍 벚꽃들이
작은 바람에도
발길질을 한다

바닥으로 추락한
자존심을 살리듯
흩어졌다 모였다
모였다 흩어졌다
원을 그리듯
꽃 춤을 춘다

놀이에 빠져든
달은 밤을 잊고
벚꽃이 예쁘다며
달 귀에 대고 밤은
고백한다

볍씨의 행복

어디서 날아온 선물일까
볍씨 하나 새순을 틔운다
눈곱만 한 점 하나가
생명을 이어가며 꿈을 준다

볍씨가 꿈꾸는 희망은
세상 사람들 입안으로
쌀밥이 되어주는 행복

보고 싶다

보고 싶다
시간이 흐르고
세월이 흘러도

보고 싶다
아플 때도
좋을 때도
내겐 단 한 사람

보내는 마음

애지중지 키운 딸
내일이면 시집을 간다오
가슴으로 품고 두 손을
꼭 잡아주었지만
장대비보다 굵은 눈물이
왜 자꾸 눈치 없이
내 가슴을 서럽게 하는지요
딸아이 마음 아플세라
딸아이 마음 다칠세라
아닌 척 안 그런 척
하늘 한 번 땅 한 번
쳐다보았지만
분명 좋은 일인데
분명 기쁜 일인데
마음까지 내어주기가
어찌나 아픈지요
마음까지 내어주기가
어찌나 아픈지요

봄비

섬돌 위 가지런히
코끝이 하늘 향한
하얀 고무신
땅속 깊이 입맞춤으로
땅 부비는 봄비
하얀 고무신 안
봄이 출렁이네

봉숭아 물들다

흙담 밑 소복이 입 맞대며
키 재는 봉숭아
볕이 잘 찾아드는 장독대
주변 봉숭아는 꽃이 폈네
붉은 꽃을 떼다가 호박돌
콕콕 찧어 아가 손 손톱
곱게도 물들여준 어머니

붉은 장미

통채로 담장을 욕심낸
붉은 덩굴장미
장미 놀이터가 되었네
예쁘다고 손 대면
만지지 마세요
고고한 가시가 성난 뿔처럼
화가 나 있다
사랑을 자극 주는 붉은 장미

사랑타령

어아 둥둥 내 사랑아
눈물 없이 볼 수 없는
장면일세
구경났소 구경났소
지나가는 나그네도
멈추었네
사랑이 저리 좋나
배고픈 건 참아도
그리움은 참지 못해
어아 둥둥 내 사랑아
눈물 없이 볼 수 없는
사랑일세
사랑이 저리 좋나
동지섣달 긴 밤
임 그리워 홀로
어찌 보냈는지
물어보고 잡소

사랑

때로는 가슴에 묻어야 할 사랑도
그리움으로 아파하지요
애써 잊으려 했던 마음에
흔적처럼 멍이 들어 있어요
누군가에게 내 사랑을 애기하고
위로도 받고 싶었지만
당신을 위해 참아야 하는 사랑임을
우린 너무 잘 알고 있어요
때로는 가슴에 묻어야 할 사랑도
지독한 그리움에 눈물지어요
처음부터 알고 시작한 사랑인데
우연히 길에서 마주하더라도
당신을 위해 참아야 하는 사랑임을
우린 너무 잘 알고 있어요

사연

거센 파도에 실려간
아픈 사연들
바다야 너는 다 알고 있제
고래잡이 아재가
어디 있는지
성난 파도가 삼켜버린
아픈 사연들
바다야 너는 다 알고 있잖아

억울하고 두려워서
밤마다 바다 한가운데
울고 있는 목소리를
누군가가 다가와
서린 한을
풀어주고 갈 것을
기약하지만
알아주는 이가 없구나

사랑이었소

나 같은 사람 어디 또 있을까요
이 나이 되어도 영감밖에 모르는
당신의 할멈
문밖을 나가도 집에 있는 영감 생각
식사는 챙겨 드셨나 심심하지는 않은지
검은 머리 흰머리가 될 때까지
변치 말고 살자던 혼인서약을
영감도 나도 날마다 다지며
살아온 세월
이 나이가 되고 보니 젊은 시절
토닥토닥 다툼도 샐쭉샐쭉
토라짐도 행복이었소

나 같은 사람 어디 또 있을까요
문밖을 나가도 집에 있는 영감 생각
단잠을 주무셨는지 심심하지는 않은지

검은 머리 흰머리 될 때까지
변치 말고 살자던 혼인서약을
영감도 나도 날마다 다지며
살아온 세월
돌아보니 모든 것이 사랑이었소
영감 한 가지만 부탁이 있소
꽃과 벌처럼 살다가 웃으면서
같은 날 손잡고 눈감도록 해요
돌아보니 모든 것이 사랑이었소

삶

철들며 살자
간절하게 살자
왔다가는 인생
의미 있게 살자

팔자 탓하지 말고
부지런하게 살자
세월 원망 말고
바르게 살자

삶은 은혜

남몰래 왔다가
꽃은 피고 지고
이별 통보 없이
봄은 가고
소낙비 한줄기
여름을 불렀네
마네킹 겉치레
가을 치장이라
한숨 돌리고
누운 구들목이
겨울 자리라
또 이렇게 삶이
은혜를 주었네

세월 고개

세월 고개 넘는 어머니
한 해가 다르게 힘드시나 봐
일흔 세월 여든 세월
세월 고개 넘을수록
가빠지는 숨 고개

세월에도 나이에도
고개가 있네

세월

세월은 흘러 흘러
인생을 느끼게 하고
삶의 소중함을
깨닫게 했습니다

주름진 얼굴도
주름진 손도 그냥
얻어진 게 아니었습니다

검은 머리카락 틈에
반갑지 않은 새치가
한두 개 자리 잡을 때
가슴 한쪽이 무너질 듯
허전했던 적도 있었지요

하얗게 백발이 되고 보니
저만치 앞서 와 기다려준
세월이 스승이었습니다

세월은

잡지도 못하고
막지도 못하는
이 못난 세월아
앞서거니
뒤서거니
내 맘은 바쁜데
너는 어찌하여
천하태평같이
너 믿고
따라오라는 것이냐
지는 해도 곱다지만
떠오르는 해가
나는 좋더라

시절 꽃

꽃이 졌다 하여 그대 우나요
때 아닌 비가 내려 슬픈가요
계절이 수놓은 풍경 속으로
우리는 침묵의 날들보다
허락된 시간을 살고 있습니다
꽃이 핀 자리에는 그리움
꽃이 진 자리에는 기다림
그냥 왔다가 진 것이 아니랍니다
많은 것을 주고 간 다정한 손님입니다

스승과 제자

아픈 가슴 미소 뒤에
숨기시고 날 만드셨네
울지 마소 울지 마소
스승님 눈물이
강물이 될까 아팠소
얼래고 달래서라도
보내야 할 때라며
내 손을 놓으려 하는
그 고통을 어찌 혼자서
삭이시렵니까
하늘이 야속합니다
오색실로 촘촘히
수를 놓듯 엮어준
인연이라 믿었는데
음 떠날 준비가
아무것도 아니 되었는데

어린 가슴 다칠세라
눈물 흘릴세라
서둘러 배웅을 하시네
내 가슴이 아플까 봐
내 걱정만 하시네

시집을 간다오

달님이 맺어주셨나
별님이 맺어주셨나
고운 마음 소문나
이웃 동네 월향이가
다리를 놓았나요

엄니가 해주신
흰쌀밥에 고깃국 먹고
젖가슴 만지며 잠든 밤
잘 살아라 내 딸아
내일이면 시집을 가는 딸아

아무 말도 잇지를 못했다오
약한 모습 보이기 싫어서
속으로 속으로
하염없이 울었다오

달님이 맺어주셨나
별님이 맺어주셨나
고운 마음 소문나
이웃 동네 풍산댁이
다리를 놓았나요

내일이면
엄니가 손수 지어주신
빨강 치마 노란 저고리 입고
연지 곤지 찍고 꽃가마 타고
강 건너 사는 낭군님
만나러 시집을 간다오

복사꽃같이 고운 얼굴
낭군님이 반겨주시겠지요
잘 살아라 그 말씀 새기며
예쁘게 예쁘게 잘 살게요
걱정일랑 내려놓고 사시어요
걱정일랑 내려놓고 사시어요

아버지가 가장 크게 웃는 날

아버지가 웃는 날은
따로 있어서
부처님 오신 날도 아니고
예수님 오신 날도 아니었어
당신께서 태어나신
생일날도 아니었어
어머니가 아궁이에 불을 지피면
보글보글 밥 냄새가 연기 타고
지붕 위로 날아가
하늘 세상 가는 날이었어요

아버지가 웃는 날은
따로 있어서
부처님 오신 날도 아니고
예수님 오신 날도 아니었어
당신께서 태어나신
생일날도 아니었어

아이들의 글 읽는 소리가
동구 밖을 지나
세상 속으로 퍼져 나갈 때였어요

아픈 말

보내고
떠나고
후회하는 말

끝끝내
사랑한다는 말
뱉지 못했네

끝끝내
사랑했다는 말
듣지 못했네

악수

반갑다는 말과 함께
불쑥 내밀게 되는 손
너무 예쁘고 고맙다
악수 한 번 하고 나면
오늘 처음 본 사람도
오래전부터 만나 온
따뜻한 사람 같아 좋다

어둠 속 지혜

현명한 사람은
떠오르는 밝은
해가 되고
지혜로운 사람은
아름답게 피어나는
꽃이어라

어떠한가

자네는 어떠한가

다독여주며 사는
삶을 살고 있는가
재미나게 살면서
금슬 좋다는 인사
들으며 사는가

천륜을 떠나
부부 연 짝을 맺을 때
한 쌍의 원앙새처럼
살겠노라 다짐했던
그 약속 기억하며 사시게
지키며 사는 게 인생이라네

어머니 · 1

한평생 대가 없이 내어주신
당신의 헌신적인 사랑
그 위대한 사랑이 모두를
지켜내었습니다
바람이 불어 흩어지는
낙엽이 될세라
사는데 바쁘다는 이유로
인정이 멀어져 식을세라
어머니는 오늘도 내일도
모두의 마음을 밝혀주시는
인등불이 되어주셨습니다

어머니 · 2

엄마는 언제까지
어머니로 살아야 하나요
여자로 살면 천둥 번개
뇌성벽력이라도 맞나요
여자로 살면 안 되나요
평생을 자식 마음 살피며
동동거리는 인생
너도 늙고 나도 늙어
어머니 모습 닮아가고 있는데

평생 자식 뒷바라지
자식 위하는 마음
너무 힘들지 않나요
어머니
마음속에 있는 짐
다 내려놓으시고
당신만 챙기며 사셔도
부족하고 짧은 세월입니다

어머니와 소풍

어머니의 손을 이끌며
담장 너머로 소풍을 갔다
논두렁 밭두렁이 끝없이
이어져 있는 풍경
날마다 마주하는 아름다움들이
오늘은 유난히 반짝이며 빛이 난다
어머니의 얼굴은 복사꽃같이 곱고
입가에 함박꽃이 피었다
소싯적 어머니가 쥐여 준 도시락을 들고
소풍 갔던 기억들이 스쳐 지나갔지만
오늘만큼 감성적이지 못했다
수없이 고사리손을 잡아준 어머니의 손은
이제 인고의 세월이 느껴지니 말이다

어설픈 인연

한때 사랑이라 믿고 의지했던 여자
자야 너는 모르지 남자의 순정을
알듯 말듯 한 여자의 핑크빛
애간장 녹아내린 심정을
어설픈 인연에 상처투성이로
정말 아무것도 아니던데
사랑도 아니었고 미련은 더더욱 아니었다

그때는 왜 몰랐을까
나 좋다는 말에 속없이
전부를 건 바보였던가
이렇게 될 줄 알면서
사랑이라 믿고 싶었던 것일까
어설픈 인연 때문에
상처투성이로 버려진 세월
정말 아무것도 아니던데
사랑도 아니었고 미련은 더더욱 아니었다

어허

어허 그게 사랑이었는가
사랑이 다가와 옆에 있어도
나는 그 사랑 몰랐네
어허 울지 마시게
눈치 꽝이라 때론
여자 마음 지치게 했겠지
그래도 지나고 보면
못난 이 사람도
주머니 속에 남는
한 줌의 그리움
사랑이 아니겠는가

여인의 마음

눈물이 눈물이
멈추지 않아요
처음 본 사람에게
주책인 줄 알아요
이 감정이 무엇인지
나는 몰라요
다시는 못 본다 해도
후회는 안 할 겁니다

눈물이 눈물이
멈추지 않아요
처음 본 사람에게
기댄 이 마음 무엇인지
나는 몰라요
서로가 간절히 원한다면
다시 만나겠지요

여자 마음

여자 마음을 그렇게 모르나요
여자는 꽃이라는 말
그냥 있는 게 아니랍니다
사랑을 준 만큼 사랑받고 싶은 맘
그 맘이 잘못된 게 아니잖아요
얼마나 예쁜지 당신의 여자
한 번 보고 열 번 보고
백 번 보고 천 번 보아도
아깝지 않을 당신 여자랍니다

여자 마음을 그렇게 모르나요
당신을 믿고 사랑을 지켜가는
속 깊은 마음을요
여자는 꽃이라는 말
그냥 있는 게 아니랍니다
얼마나 예쁜지 당신의 여자
한 번 보고 열 번 보고
백 번 보고 천 번 보아도
아깝지 않을 당신 여자랍니다

오 남매

해질 무렵 굴뚝을 타고
물감처럼 번져가는 연기
코끝을 세워 냄새를 맡았죠
손님이 오신 날이면 맛 좋은
고깃국을 먹을 수가 있었지요

까까머리 오 남매의 행복은
배부르고 등 따뜻하면
최고였으니까요
밤은 깊어가도 오 남매의
수다는 식을 줄 몰랐답니다

오늘 하자

생각날 때 전화하자
미루지 말고
이 순간 지나면
잊어버리고
내일이 될지 몰라

생각날 때 목소리 듣자
미루지 말고
사랑한다는 말
좋아한다는 말
오늘 하자

오늘은

해가 뜬다
반기던 새도 웃는다
구름 뒤에 겸손 떨지 말고
파란 하늘을
머리 위에 이고 싶다

지붕 위로 내려쬐는
해를 받아
발에 꼭 맞는 꽃신을 신고
전전 밤에
별빛이 수놓은
길을 밟으며
걷고 싶다

오라버니

강풍에 멈춰버린 뱃길
바다를 건너면
오라버니를 만날 수 있는데
바다를 사이에 두고
견우직녀가 되었구려
광대 춤을 추는 물결
오늘 밤은 달님도
우리 사랑을 시기 질투
하나 봅니다
강풍이 얄미운 것인지
도와주지 않은
달님이 무정한 것인지
얼굴 한번 보고
오라버니 품에
안겼다 오려는
피 끓는 청춘의 밤을
물결마저 눈치 없이
가로막는구려

바다를 사이에 두고
견우직녀가 되었구려
오라버니 오라버니
사랑합니다
물결 위에 달빛이
연을 이어주는 날
만나요
오라버니 오라버니
사랑합니다

우리 아버지

내 손을 잡고 세상 근심
다 내려놓고 웃으시던
우리 아버지
잘 살고 못 살고
뭐 그리 대수냐며
사람답게 살다 가면
큰사람이지
수도승이 따로 있나
마음 잘 쓰면 다
도인이지
나보다 잘난 사람도 없고
못난 사람도 없으니
사람 위하며 살라 하셨네

우리 어머니·1

어머니 손에 힘이 있어서
등짝이 아파도 그 시절이
나는 그립소
어머니 입에서 잔소리가
종달새처럼 지저귈 때가
나는 좋았소
이제는
내 손을 빌리고
내 맘을 빌려야 하는
우리 어머니
나는 눈치 보지 않고
어머니의 끝없는 사랑을
당연한 것처럼 받았는데
우리 어머니는
자꾸만 미안하다며
눈물을 글썽이고
내 눈치를 살피십니다

우리 어머니 · 2

내 마음속 웃고 있는 엄니
하룻밤 자고 나면
희끗희끗한 머리에는
하얀 찔레꽃 피었네

굽은 허리 방바닥이 자주 붙잡으니
엄니 나이 분명 적은 나이 아닌데
하늘이 주신 세월
몸과 마음 챙기고 사시면 좋겠소

내 마음속 웃고 있는 엄니
오늘은 쓸쓸하게 느껴졌네
마음으로 흐느끼는 것도 나는 싫소
마음으로 이 눈치 저 눈치 살피는 것도 나는 싫소

엄니 나이 분명 적은 나이 아닌데
하늘이 허락해 준 세월
물같이 구름같이
마음 편히 사시면 나는 좋겠소

인생

호들갑 떨지 말고
정신 줄 잘 잡고 가는 거야
생각대로 척척 풀렸다면
너나 나나 마음고생 덜 했을 거다
날씨 같은 인생
살다 보면 해가 뜬다
계절 같은 인생
가다 보면 꽃밭이다

우리네 인생 오늘도 인정 술에
취해 허우적거려도
내일은 웃는다

잘난 척하지 말고
앞 잘 보고 가는 거야
너나 나나 고생이 스승이다
봄날 같은 인생
살아보는 거야
돌아보면 꿈같은 세월
추억은 아름답다

웃어야 해

웃어야 해 웃어야 해
작은 슬픔은 작은 아픔은
더 큰 성숙을 주는 거니까
도망가려 하지 말고
부딪히며 이겨내는 거야
너무 힘들다고 느껴질 때
그때 포기해도 늦지 않아
웃어야 해 웃어야 해
거짓말처럼 고민이
사라질 거야
이 세상이 그댈 웃게
할 거니까
우우우 우우우

괜찮다고 말해주고 싶어
한꺼번에 너무 많은 것을
알려고 하지 말고
구경하듯 여행하듯

인생을 알아가면 된다고
너무 힘들다고 느껴질 때
그때 포기해도 늦지 않아
웃어야 해 웃어야 해
거짓말처럼 고민이
사라질 거야
이 세상이 그댈 웃게
할 거니까
우우우 우우우

임의 사랑

살짝이 오소서
삐거덕 문 열리는 소리에
놀란 가슴 숯덩이 되지 않게 오소서

살짝이 오소서
달도 별도 질투하지 않게 오소서

몰래몰래 밤길 밟으시는 임
사랑이 그토록 좋을쏘냐

간절한 사랑은 사연도 많지요
간절한 사랑은 눈물도 많지요

누가 알아주랴
임의 주름진 사랑을

자유의 봄날

동백은 피었는데
자유의 봄날은
어디에 있나요
동백은 피었는데
부서진 자유는
언제 오나요
더는 간절함을
외면하지 말아요
더는 기다림에
지치게 하지 말아요

꽃은 만발한데
자유로운 삶은
희미하니
두 손에
간절함을 담아
기도로
힘을 모아봅니다

잠시 슬펐다오

흔들리는 마음이 어디
여인의 마음뿐이겠소
너무 심려치 마시오

가지를 흔드는 바람
떨어지는 꽃잎을 보며
천년을 되뇌지 않았겠소

시련의 날들을 견뎌내며
탄생의 기쁨을 나눴는데
짧은 만남이 되었지 않소

보기 좋게 볼 살에 물은 올랐지만
뒤척인 날들을 기억하는지
손끝만 대어도 오므라들지 않소

잠시 슬펐다오

좋은 날

화나는 애기는
좋은 날 하는 게 좋아
너무 더운 날도 별로
너무 추운 날도 별로

선선한 바람을 받으며
달이 내 맘 들여다보고
별이 내 말에 반짝일 때
그때가 좋아

정말 고맙소

할멈 그곳은 어떠하시오
춥지는 않소
있을 만하오
할멈이 당부한 대로
뒤는 바람을 막아주고
앞은 볕이 종일 머무는
명당 중에 명당자리오
마음에 드시는지
물어볼 길이 없어
그리운 마음 반
답답한 맘 반으로
임자 곁에 와보니
살아서도 그러시더니
먼 길 가셔서도
내 걱정이 되어서

임자 무덤 앞에
임자 닮은 할미꽃이
반갑게 맞아주시는구려
임자 살아서 함께해준
세월들 고마웠소
정말 고마웠소

좋은 세상

모진 말은 안 하고 살고 싶어
얼마나 가슴이 아플까
좋은 세상
사는 동안 가시 말 잊지 못하고
문 닫고 살게 될 거야

좋은 세상
좋은 말로 살다 보면
좋은 사람 많이 만날 거야

주머니 속 꿈

주머니 속 사정이
어제와 달라진 게 없네
기댈 곳 없는 동전 소리
요란도 하네
타오르던 불꽃
잠시 동선을 잃다

주머니 속 만지작거리던
동심은 이스트가 듬뿍 든
밀가루 반죽
주머니 속 여유는
꿈을 저울질하는
좋은 집이다

천년의 약속

함께 하자며 보내온 서신 속
약속을 지키리오
밭 갈고 씨 뿌리며
당신 닮고 나 닮은 아이 낳고
오순도순 살자던
그 약속을 지키리오
얼마큼 기다리면 당신의
사람이 될 수가 있는지
마음은 날마다 기다렸다오
바람과 비를 피할 수 있는
오두막집이면 어때요
아침이면 지저귀는 새소리에
눈을 뜨며 대장간에 들려오는
쟁기들의 합창소리에
하루를 시작하는 인생
생각만 하여도 달콤하오
생각만 하여도 행복하오

신이 주신 최고의 선물은 당신이라
이 세상 다하는 날까지
당신과 함께라면 어딘들 못 가리오

첫사랑

첫눈에
네가 좋았어
어디가
그때는
다 좋았어
지금은
지금도
다 좋아
매일 너는
내게
첫사랑이야

청평호

달빛은 청평호에 내려앉아
애간장을 태우노니
절로 나오는 사랑가 한 구절
나그네도 취하는구려

콩 이야기

자로 잰 듯한 콩밭
햇살 수액 충분히
받아먹었는지
산기가 보였다
영양이 꽉 찬 콩은
타닥 놀란 소리에
벌어진 입 밖으로
곱게도 출산을 하네

풀 때가리

같은 하늘별을 바라보며
너는 나를 그리워했고
나는 너를 그리워했다
범종의 웃음소리를 듣고 자란 너
텃신의 빽인가
의지의 순종인가
모진 세월을 지켜내었구나

풍선

배부른 풍선
빵빵 튄다
몰래 온 바람
장난을 걸면
지붕 위로 날아갈지
내 키보다 큰
나뭇가지에서
펑 하고 울지 몰라

하늘길

가네 가네 떠나가네
어허 어허 슬픈 노랫가락 따라
육도 멀어지고
영혼은 하늘 속으로
가네 가네 떠나가네
어허 어허 슬픈 노랫가락 따라
올 때는 가마 타고
갈 때는 상여 타고
간다 간다 왔던 길 돌아간다
간다 간다 왔던 길 돌아간다
저 달 속에 잠드는가
저 해 속에 잠드는가
올 때는 엄마 자궁 속
가는 곳은 어디 메인지
극락왕생 잠드는가
간다 간다 왔던 길 돌아간다
간다 간다 왔던 길 돌아간다

하루를 여는 소리

문풍지 사이로
귀한 해가 들어선다
삐거덕 정지문 열리는 소리
아버지는 가족을 향한 사랑으로
가마솥에 세숫물을 지피신다
티격태격 불꽃은 웃고
어흠! 헛기침 소리로
터신을 깨우며 가족들의
안녕을 맡기셨다

하얀 꽃 찔레꽃

하얀 꽃 찔레꽃
내 눈물 알아주는 꽃
가시가 아파 우는 눈물이 아니라
세상 풍파에 밀려나 흐르는 눈물
그때는 몰랐네
사람 사는 게 다 이런 줄만 알았네

하얀 꽃 찔레꽃
내 눈물 알아주는 꽃
가시가 아파 우는 눈물이 아니라
세상 풍파에 밀려나 흐르는 눈물
그때는 몰랐네
사람답게 사는 게 이런 줄만 알았네

한 번의 사랑

나의 눈물 속에 니가 비춰도
날 위해 기도하지 마
한 번 떠난 마음 그냥 가
돌아서면 미련인 줄 착각할지 몰라
어느 날 넌 후회할 거야
그때 그냥 갈 걸 하면서
그런 널 지켜보게 될까
난 두려워
약간의 사랑 핑크빛 감정이
남아있을 때가 좋아
추억으로 충분하니까

나의 눈물 속에 니가 비춰도
날 위해 기도하지 마
한 번 떠난 마음 그냥 가
아주 가끔 너의 향기가
그리워질 때도 있겠지

너와 나 한 번의 사랑
두 번의 이별은 없는 거야
약간의 사랑 핑크빛 감정이
남아있을 때가 좋아
추억으로 충분하니까

한여름 밤

이맘때면 반딧불이 밤놀이에
혼을 빼고 놀겠죠
옹기종기 마당 한가운데 둘러앉아
짚불을 피워놓고 숯덩이 같은
옥수수를 달콤하게도 먹었죠
세속에 물들지 않은 수도승의
반질거리는 머릿빛 보다 촘촘하게
박혀있는 별빛은 녹도 슬지 않나 봐요
짚과 쑥이 짙은 연기를 내며
하늘 운동장을 덮어도 별은 쉼 없이
한여름 밤을 밝혀주었죠

그때는 그날이 차곡히 가슴속에 쌓여있을
아름다운 추억이 될 줄 몰랐는데
빛바랜 사진첩을 만지작거리는
내 모습이 어느새 세월이 준 옷을 입고
그날을 돌아보는 나이가 되었네요
한여름 밤을 비추는 별빛은
세월 옷을 입지 않나 봅니다

할아버지와 황소

외양간 누렁이
할아버지 나이만큼
숫자가 있나 봅니다
할아버지 말에는
벌떡 일어서는데
내 말은 눈만 껌벅
자식같이 챙기시는
누렁이 사랑
할아버지는 누렁이가
살림꾼이고 말벗이라며
많이도 예뻐하셨지요

할머니

부뚜막에 올려놓은 노란 콩
부지런한 할머니는
또 무엇을 만드셔서
손주들 입에 넣어주시려고
준비를 해놓으셨는지요
할머니는 잠도 없으신지요
새벽 마지막 별빛을 맞으며
맷돌을 돌리시는 할머니
정지에서는 장작 타는
소리가 타닥타닥
불길질을 해대고
할머니 손길은 백 미터
경주하는 것처럼 빨라도
마음은 넉넉한 가을 들판
손주들 입에 구수한
두부 들어가는 생각에
힘들어도 힘든 내색
안 하시던 할머니

살갗에 찬바람이
들락날락하는 계절이면
오래오래 전에 꽃길 가신
할머니의 사랑이 그립네요
품속 같은 따뜻한 두부로
내 배를 사랑으로 채워주신
우리 할머니
할머니 그립습니다
할머니 사랑합니다

합정역 7번 출구

합정역 7번 출구는
멋진 추억이 숨쉬며
위로와 위안 받던 곳
오고 가는 사람들 미소 속에
희망이 행복이 되었던 곳

합정역 7번 출구는
먹거리도 가지가지
인정도 가지가지
사연도 가지가지
사람 사는 냄새가 진솔한 곳
오고 가는 사람들의 미소 속에
희망이 행복이 되었던 곳

시린 겨울밤도 따뜻한 사랑으로
감싸 안아준 합정역 7번 출구
달콤한 추억이 숨쉬며
봄날 같은 정이 쌓이는
합정역 7번 출구

해

주인 있는 땅
허락 없이 슬그머니
담장 안으로 들어와
큰 입 밖으로
빛을 토해 낸다

차고 넘칠 만큼
꽉 찬 해
뽀송뽀송 새하얗게
다듬질해 놓고
담장 밖으로 도망가네

호박꽃

노랗게 색칠하고
부채춤 추는 호박꽃
벌 친구가 놀러 오면
도망가지 못하게
수줍게 입 다무네

흰콩 백 개

아버지의 산수 공부는 신기하고 재미있었다
흰콩 백 개를 바지 주머니에 넣어 다니시며
어느 자리 누구를 만나도 자신만만하셨다
장사꾼이 주판을 만지작거리면
아버지의 손은 주머니 속에서 요술쟁이가 되고
게임은 시시할 만큼 늘 아버지의 승리였다
철이 먼저 든 아버지는 배움을 욕심내지 못하셨지만
삶의 지혜를 스스로 터득하셨다
그런 아버지를 지켜보고 자란 나는
아버지가 자랑스럽고 신기했다

환생꽃

하늘이 내려준 여인이라 믿었죠
하늘이 정해준 운명이라 생각했죠
그리 쉽게 먼 길을 가실 줄
꿈엔들 생각해 보았겠소
꽃신 신으시고
분 내음 봄바람 타고
산동네로 가신 님
하늘이 내려준 여인이라 믿었죠
그리 쉽게 인연의 줄이
끊어질 줄 알았겠소
꽃신 신으시고
분 내음 봄바람 타고
산동네로 가신 님
바람 타고 구름 타고
별동네로 가신 님

하늘이 정해준 운명이라 생각했죠
밤부엉이 슬피 우니
달에 걸린 그리움 한줌
피리 소리는 메아리가 되어
돌아오네요
어이하여 홀로
가셨나이까
먼 길 돌아 돌아
다시 오실 적에
식은 가슴에 지지 않은
환생꽃으로 피어나시옵소서

아날로그 169.3MHz
Analogu

———

정 태 겸

본질

시공 속 도망가는 마음 찾아 사랑한다 말하라
사랑하기 전에 볼 수 없다
먼저 사랑하라

리마인드

마음에 소리가 없는 너
줄자를 열어 낱말을 그려 볼래
너의 모습을 어렵지 않아

쫓아온다
다가온다
슬금슬금 다가온다

셀카를 보정하는 촉박함
타인이 찍어주는 사진의 긴장감
너의 반응은 마치 급똥 같아

3분 명상

우로 솟구치는 물을 보았는가
탕면을 넣는 숭고한 마음
가지런히 양손을 모아 뚜껑 얹고
나무젓가락으로 반듯하게 집어준다
그리고 3분 오늘의 명상을 한다
하루 내 못했던 양심 고백
뽀글뽀글 게워내는 저 탕면 보며

간사한 마음

머리가 먼저 보였는지
소리가 들렸는지
코가 어땠는지 모르겠어
그냥 좋아

계란을 깬다

보리장기에 빠질 때가 있다
생각이 끝나지 않아 던질 수 없을 때가 있다
계란을 깨야 앞으로 나갈 수 있을 때
방향이 없다면 머리 위에 부딪혀 한 번 깨 보라
당신의 체구와 비교할 수 없는 달걀에서 나오는
생명이 당신을 어느 만큼 적실 수 있을지 보라
눈썹이 감겨도 장기판은 기억하고 돌은 살아있다
신발이 축축해져도 걘 죽었고 넌 산 것이다
죽은 것이 네게 알리는 말 그 느낌을 기억하라
시간의 피는 다중 인격을 가질 수 없다

공존

살림살이 모도독모도독 장만한 여인
전시 방호를 만들어 대피소로 사용할 만하다
그녀와 같은 집에 살며 소비하는 남편과 아이들
교도소도 아닌데 제로섬 게임을 함께 하고 있다
버림뜨기 될 연으로 돌흙탕흐름 만들지 말자
혼성언제 돌흙언제 함께하는 집

고마웠어요 여보

어연 당신을 보낸 지 3년이 흘렀구려
얼마 전 둘째가 손주를 낳았는데
당신을 많이 닮았다오

우리 처음 만난 날 기억나오
목화 꽃 한 송이에 생겨난 우리의 추억이
운명이 되어 평생 누에를 치고 살지 않았소

고달팠을 텐데 함께해 줘서 참 고마웠소
첫째가 돌이 될 무렵 배냇저고리 하나 못 사서
거듭 빨아 쓰지 않았소

그때 참 눈물겨웠는데
곁에 있어줘서 이겨낼 수 있었지 그려
생전에 겸연스러워 말 못 했는데
그게 무어라고 참 목에 메이던지 그려

내 삶에 다른 복이 없었던 것은
당신이 내게 와서 그런 게 아니었나 싶소

일밖에 모르는 나와 만난
당신에게는 조금 미안하지만
나와 일평생 함께 해주고
아이들 올바르게 잘 키워주어 고마웠소

그곳은 어떠하오 내가 곧 갈 곳이라 궁금하긴 하오
내 요즘 목화로 가락반지를 하나
만들어 보고 있다오
당신에게 주려고 말이오

내 평생 욕심은 없었는데 이생에 하나 있다면
다음 생에도 당신과 함께하고 싶소

어찌 받아주겠소
한번 생각해 보시고
답해주시오

내게 와줘서 고마웠소
사랑하오 여보

공휴일

삶에는 공휴일이 없다
일을 하지 않고 쉴 때는 있어도
숨은 쉬고 밥을 먹고 화장실도 간다
말도 나누고 이야기도 하고 잠을 자고
텔레비전을 끈다 오늘 영화는 재미가 없네

금방 올게 뒤에 붙는 말

잘 먹으라는 말
잘 지내라는 말
잘 챙기라는 말

금방 올 건데도 걱정되니
네 돈 떼먹을까 봐
금방 갚을 테니 걱정 마

일 잘 보고
잘 지내다
이따 보자

길 잃은 양은 온순하다

뿔처럼 곧은 본성을 가진 녀석
잔도를 내딛는 삶을 보려 한다
떨어지지 않으며 난류를 찾는다
한류로 길을 잃으면 이발 한다
긍지를 잃은 게 아님을 기억하라
울음은 누구에게나 있다

나들이

여름 대기 선에 선 소
구름만 먹어도 힘이 장사라
농부라면 다 좋아하지만
그들도 미움을 받는 때가 있습니다

동동 걸음 기다리는 비가 없는 청명
소들이 먹는 구름이 필요한 이때
구름을 먹던 소들 마지막으로 한 번
자신의 얼굴을 마주하고 구름이 됩니다

곡우가 지나면 구름을 먹는 이 소리 대신
농부의 모래처럼 마른 얼굴이
또 한 철 구름을 먹을 겁니다
나들이 간 소 먹던 구름

나의 항해 일지

나는 항해사
오늘도 항해를 알린다
늪 사이에 낀 썩은 곳간
먹 갈아 헤아려본들 알 길 있나
지네 다리에 소금물 풀어두고
썰물이 올 때 다 뱉어내면 될 것을
간을 너무 짜고 맵게 하지 않음 괜찮다네
나의 항해일지 나의 인생
오늘도 나는 항해사라네

남모르게 커진 발

하루 사흘 일 년 이 년 살아왔다
다른 무게 밀려나지 않으려고
같은 기준 밀려지지 않게 하려고
내색 않고 오다 보니
발의 책임 전신을 벗어났나 보다
발 들기 어려워 새신 하나 사야겠다

대지의 크레용

내 보물 크레용 녹색 친구 동이 났다
눈물이 흘러내려 더 희어져 연두가 됐다
더 찔끔거리면 곧 씀바귀가 될 것 같다

봉숭아 물들인 것을 닫으려 창을 여니
불그스름함에 향긋한 초록이 대지를 탄다
뒤늦게 안 내 마음에 뜀질 줄행랑을 친다

토매한 부끄러움에 데워지는 것과 다르게
풀 먹은 숨은 동난 초록을 한껏 채워주고
날숨은 캑캑거리는 날 또다시 살려 보낸다

숨골의 한가운데 탑탑함의 근원을 뱉으니
연두의 꼬리도 반생의 숨으로 토해낸다
희어진 것에 사라진 것은 나의 그물이리라

짙어짐과 옅어짐은 나의 현상이다
대지의 크레용은 나의 현상에 답할 것이다
왝왝 왁왁 허허 무엇이 숨이요 크레용인가

도솔천 지붕

도솔천이 따로 있나 걱정 없다면 이곳이 바로 도솔천이지. 해님이 반짝하면 뜨뜻한 국물이 먹고 잡고 달님이 번쩍하면 먹다만 누룽지가 생각나네. 생각의 나래에 빠지면 부엌엔 쥐들의 침공이 시작됨서 엄니의 화끈한 주걱 내 뺨에 내리 앉네. 쌉쌀한 아픔은 이내 가라앉고 눌어붙은 밥풀로 입맛을 다시며 웃지. 슬금슬금 소매자락 훔치며 누런 주전자 뱃속에 삼키면 천국이 따로 없네. 통통한 뱃가죽 쓰다듬고 스레트 지붕에 올라 눈꺼풀 잠그고 한바탕 시간 붙이면 세상이 내 것이지. 다가오는 매는 맵지만 무엇이 걱정이요? 닭은 모이 먹으며 자라고 소도 여물 주면 크고, 사람도 마찬가진데. 세상지사 나고 자라고 살아가는 게 하루 이틀에 끝날쏘냐. 것도 아닌데 뭐 그리 급하당가. 그리 하다 골병 듭니다. 건널목 베짱이처럼 쉬어가도 일할 날은 태양 같다네. 저 하늘의 별처럼 여유를 가지세.

돌고 돌아 잊다 보면 그게 삶이야

때론 잊어야 할 날이 오죠. 바람이 물에 씻기듯.
그림자에 맺힌 열매를 따다가 내게 오는 바람에
뇌물로 내밀어 봐도 언젠가 잊어야 할 날이 오
죠. 소매 자락 붙잡고 매달려 봐도 바람을 등질
순 없죠. 무거운 행랑을 메고 한평생 들판을 거
닐다 보면 에구머니나 검버섯이 소매를 타고 거
미집을 치고 옵니다. 에헤야 서글프다 땅이 떠
나가라 외마디 소리를 내도 돌아가는 수레바퀴
서글픈 건 나밖에. 어떻게 사는 게 인생인지 내
님은 알런가만. 사는 게 뭐가 있나 가루라 범종
두드려라 답이 나오나. 딱따구리처럼 한평생 살
다 가면 그만이지. 돌고 돌아 잊힐 날 물레방아
타고 솔잎처럼 가리라.

돌멩이의 삶

오늘도 발걸음에 치이는 돌멩이
낙엽처럼 가벼운 것도 아닌데
세상 곳곳을 새들처럼 누비며
바람 속에 흙의 노래를 불러요

모두 그대를 탓하기만 하는데
그댄 어김없이 보듬어줍니다
도리어 얼굴을 붉히며 지나가도
그댄 바람에 씨앗을 남길 뿐이죠

아무도 궁금치 않는 그대의 싹
말라버린 산천에 뿌리를 내려요
언젠가 그대 가루로 화하는 날
대지 속에 영원한 생명을 낳아요

뒤틀린 가면

길 잃은 외기러기 울음소리 가득한 밤
목에 칼을 차고 달과 함께 울부짖네

골육을 끊어내면 새싹이 날까
사혈을 잘라내면 생혈이 날까

돌배나무 베어 물면 청아함이 가득한데
내 살가죽 베어 무니 씁쓸함만 묻어나는구나

잿빛에 젖은 주름치마 구름에 녹아 사라지네
진토 되어 돌아가면 내 영혼은 무슨 색일까

장독에 올라 하늘을 바라보니
잠든 개구리 눈망울이 미소 짓네

모두 부질없는 것을
어찌하란 말이오

연잎 하나 베어 물면 향긋한 향이 넘치는데
내 살가죽 베어 물면 쓸쓸함만 묻어나는구나

박 하나 열어젖혀 환한 웃음 주고 싶어도
일갑자가 넘도록 무엇을 했을꼬

골육을 털어내면 새싹이 자라날까
혈을 꿰어내면 악취가 사라질까

마음의 저울

자식이 보는 어버이의 등
어버이가 보는 자식의 등
마음을 담은 무게는 다르다
사랑을 담은 마음은 똑같다
그래서 저울은 갈팡질팡 할 거다

그러나 눈금으로는 읽을 수 있다
사랑이라는 이름 마음의 눈금으로
마음에 세월을 넘어 사람으로
마음의 무게를 놓을 수 있다

매미소리, 내 친구 매미

여름의 아침 매미들의 기침소리 맴맴
경쾌한 안부 인사로 하루의 시작을 연다
맴맴 매에맴 맘맘 맴 뚜 맴 여러 소리가 난다
누군가에겐 자명종 소리가 되어주기도 하고
누군가에겐 라디오 채널이 되어주기도 한다
박자에 맞춰 흥겹게 흥겹게 가락을 흥얼거리다
여름의 아침을 날아 가을의 정자에 앉는다
내 친구 매미 하늘의 아침을 날아 내년에 또 보자

명부

이름
관계
특이사항
전화번호
죽은 자의 것이 되었네

무너진 타이어

앉아만 있을 때 울음을 몰랐습니다
귀를 없애는 건
죽음을 맞이하는 것과 같았다는 걸
우리가 있어 더 소리를 냈다는 걸

끼어드는 차량에게 살려주라는 말
뛰어드는 생명에게 보여주는 위험
앞차를 일깨워주는 신호

끊어버린 스키드마크로 끝나길 바라시지 않을까
무너진 타이어 네 짝 냉장고에 얼려둘게요
깨어나시면 이번엔 제가 일어서 있을 테니
울지 마세요

미스

모든 알람이 꺼진 상태
분무기는 있고 미스트는 없다
용도는 같으나 반응은 다르다
4명의 미스터 3명의 미스 면접관
그리고 나 미스터 면접자
미스 가득한 면접장
떨어진 나의 결과는 미스터리

민초

산천의 선을 따라 걸어보거라
어느 방향에도 얄푸른 생명들이 있으며
저마다 원주율은 동일하게 적용된다

백성의 어진 덕은 절망이 아닌
앝구레 속에서도 피어나는 간절함이다
원심력을 다해 너도 주체를 이뤄봐라

내일 자동출금이니 잘 부탁한다

밀어내기

앨범 속 그 녀석 밀어내며
옆 사람과 손잡았더니
바람피운다며 떠들지 뭐야
사람들의 시선 밀어내기는
나의 미래까지 밀어내려 해
너랑 나 우리 사귀었니

밀정

노를 저어 잡아보아도
파초선을 불어 밀어내야
이윽고 떨어진 산등성이
까마귀 울음에 고개를 젖히니
달님은 그윽이 서있는데
얼굴 없는 내 마음은
돌중과 천상에 갔니
야차랑 염라국 갔니
지팡이 하나 남기지 않고
혼백이 홀연히 떠났구려
도깨비 방망이 있으면
한번 뚜드려 보련만

달빛이 삼킨 내 마음
바람 타고 하품 하네
아미타불 아미타불
잘 가시게

반납

너무 잘 챙겨서
주민등록증 아직 있네
나 맞아
하나 더 찍어줘

받고 싶지 않은 편지

주황색 단호박을 그려준 친구에게 답을 보낸 기억이 있다. 다 큰 장병이지만 속은 애호박이었던 나는 상식이 없어서 보내는 이와 받는 이의 주소와 우편번호를 바꿔 작성했는데 굴곡을 걸쳐 보낸 편지에 답이 올지 몰랐던 나는 그 덕분에 부대 내에서 받고 싶은 않은 편지를 보낸 녀석으로 불리었다. 전역 5주 남은 지금까지 그와 나는 서로 글과 그림으로 생각을 전하며 살아왔고 이는 나의 군 생활에서 가장 큰 배움이었다. 그를 휴가차 만나려 하자 안 된다 하며 전화 통화만 된다고 단호히 말하였다. 나중에 대대장에게 들은 사실이지만 그는 맹아 학교에 다니는 어린이라 했다. 그 말을 듣고 사고 회전수가 낮아지며 나와, 직업군인 현수막을 보니 받고 싶지 않은 편지를 막기 위해서라도 대대에 남아있으면 좋겠다는 생각이 들었다. 서로 별이 될 때까지 그런 마음으로 있었는데 아직도 받고 싶지 않은 편지가 내게 오지 않으니 이젠 언제 줄까 기다려집니다.

불금

마지막까지 금이었던 사람은 방금 내린 학생이다
시내버스 기사의 불금에 주행이 시작되었지만
사람들의 시선은 휴대전화를 향해 있고
그들의 손은 파스타를 훔치듯 빠르게 움직인다
방금 그들은 불금을 깼는데 이젠 불금인 척한다
임금조차 걱정해야 하는 시내버스 기사의 불금

밥 안 줍니다

지쳐 태양을 피할 곳 앞에 앉아 있었다
미안하지만 밥 안 준다며 좀 가돌라 들었다
이튿날 건축설계 팀으로
이곳에 우연히 들리게 되었다
그러니 그 사람 내게 이 사람 또 왔냐며
제발 좀 가달라 했다
당황한 우리 팀원들 무슨 일이시냐며
경계측량 의뢰하지 않았냐 한다
밥을 안 주냐는 그 소리 이해는 하지만
내겐 의미 없는 소리
어디 앉아만 있으면 좀 가돌라는 말들이
나를 감싼다
밥 줄게요

걸음을 나란히

웅크린 마음에 정적이 들면
태양처럼 일깨우던 등대가 있어요
광대처럼 기괴한 웃음도 짓던
피노키오의 할아버지 같던 등대
등대는 여러 재료로 만들었을 텐데
요즘 꼭 그렇지는 않을까 하는 생각도 들어요
요즘 나무가 아닐까 하는 생각도 들어요
옛적 서커스 단장 같던 수많은 표정이 사라지고
이젠 흰나비가 되었는지 목소리도 힘도
심지어 표정도 가늠하기 힘들어요
태양을 나란히 하던 그대가 말이죠

사랑은 전염된다는데 당신이 옮은 걸까요
아니면 당신이 늙어가는 건가요
뭐가 되었든 몹시 쓸쓸하고 마음이 아파요
눈물이 아른거리는데 당신의 손길이 느껴져요

나 이러해도 괜찮아요 바보 같아서 정말이지
항상 내게 어리다던 당신이 아기가 됐어요
눈썹도 머리도 하얀 신선 같은 아기로 말이죠
날개는 어디 감춰두었는지 보이지 않네요
괜찮아요 이젠 내가 당신의 날개가 될 테니까요
당신이 그랬듯이 당신의 곁에서
나란히 걸을 게요
그러니 표정 좀 풀어 봐요
금강역사도 도망가겠어요
하회탈은 아니라도
보름달처럼 웃게 해줄 테니 함께 해요
태양을 마주하고 웃으며 나아가요 싱긋이

백반 하나

솔잎에 구르는 항아리
소나기 가득 효골을 때려도
효두에 멈춰 불긍하네
토감을 덮을 자리일진데
변변한 백반 하나 없는 토고라면
밥은 주지 마라

불면증

바퀴벌레의 반응은 오늘도 좀 다르다
나의 노트가 줄어들고 있음과 역시 다르다
리액션이 바뀌지 않는 나와 달리

그는 다섯 개의 다리를 두고 날아서 벽에 붙었다
어제 한 시간 동안 움직이지 않고 벽장에 숨은
나의 마음과는 또 다르다

나의 노트는 나의 모습처럼 줄어들고 있다
내일은 오늘의 액션 중 몇 개가 없을 거다
하지만 너의 노트는 내 액션을 다 기억하고 있구나

나는 네가 싫었는데
이젠 네게 기대야 하는지 모르겠다
그런데 너 잘 때는 항상 엎드려서 자더라
추워서 그러면 좋은 이불 하나 줄 테니
어서 이리 오렴

브루잉

향을 맡으며 물을 흘려준다
꽃자루가 올라오는 모습 보면
반 시계 방향으로 꽃잎을 올려준다
정성을 다해 꽃송이가 피어나면
벌새처럼 꽃에 지그시 앉아 있다
얼굴보다 옅은 꽃그늘이 내려오면
꽃가위로 떼버리고 꽃노을을 즐긴다

비움

비워지면 놓이는 것
집착은 호롱과 같다네
잡고 있으면 넘치고
불어 버리면 타버린다네
어찌하려 하지 마시게
마음에 씨앗은 처마 끝에 닿아
새들처럼 집을 짓지만
서까래가 내려앉으면
와장창 부서진다네
집의 골 마음의 골
골머리 썩지 마시게
비워지며 놓이는 것

사람이 달달하다 하다면 믿겠니

달고나가 단 이유
라떼가 단 이유
라떼가 단 이유와 비슷할지 몰라
설탕을 끓이면 굳어지지만
그 과정에서 뭉쳐지고 부피가 생기지
라떼도 같을 걸
거품을 만들어주며 우유의 질감과
부피를 만들어주지
사람은 어떨까
너무 오래 태우면 뜨겁고 쓴맛만 날 거고
적당한 온도로 스팀하면 달달한 맛 날 거고
낮은 온도에서 마치면 금방 풀려버리겠지
오늘 뭐 먹을래

사랑

흰 동백 피우고픈 건 너의 마음
그에게 물을 주는 건 너의 생활이며
양분을 잘 받았는지 확인하는 건 관심이다
시야를 갖춘 너는 사랑을 말할 수 있다
사랑한다는 말 내면의 자신에게 건네라

샴푸

빗면을 따라 내려가는 물 맞으며
피아니스트에게 머릿살 안마를 받아요
캐리비안의 해적이라도 연주하시는지
털뿌리 다 가져가시려는 거 아니겠죠
박새처럼 깃털이 세워진 나는
머릿기름 바르고 출근해야 해요

성묘

놀랐니
이상하다 너의 얼굴이 놀랍니
너 잘못했구나
아님 사랑에 빠졌거나

소명

삶에 내려오고 생에 내려서기까지
마음의 분은 시계추처럼 오르내린다
안개처럼 와 맘을 졸이기도 하고
청명한 하늘을 달콤하게 만끽할 날도 있다
마음의 외줄타기 끝에 남은 건
생선 가시처럼 분이 발려진 나의 모습
내가 앉았던 시대 책임을 짊어가는 길
어릴 적 시계추와 오늘날을 생각하고
분이 발라진 나의 모습을 다시 보고
그리고 오늘날의 세대를 봐야 한다

소묘

직선으로 땅을 그으려면
너는 많은 돈이 필요할 것이다
땅은 항상 평평하지만은 않기 때문이다
꾸불꾸불 굽은 곳도 있고 오목 파인 곳도 있다
너의 삶처럼 모든 걸 파헤치거나 덮지 않고
배경만 맹목적으로 얻고자 한다면
너는 위선을 범하고 있음이 틀림없다
보일링 타임은 곧 올 것이다
채워짐의 아름다움을 슬퍼하지 마라

소신

난 사랑한다는 말을 싫어하오
어느 이들은 하루에도 곱절씩 하는 말이지만
나의 생각은 다르오
사랑이란 당신에게 하는 말이오
변치 않을 오랑우탄에게 말이오
결혼하오 우리

수인사 하지 않는 날

세라믹 의자에 앉아 잠깐 눈을 붙이고
나의 밀도보다 낮고 옅은 녀석 출연하면
거울조차 바라보지 않고 문을 나섭니다
출입구를 사라지게 하는 여행자 당신
자신의 수인사에 못 올지도 모르겠군요

소풍

울엄매 머리칼은
하늘나라에 닿아있어
엄니 비녀 손에 쥐고
해그늘에 눈감으면
엄니 손 마주 잡고
그믐날을 거닐 수 있죠

엄니 무릎에 기대어
눈꺼풀을 붙이기도 하고
허기지면 장터에서
국수도 한 젓가락 하고
피곤하면 강변에서
차 한잔 걸치며 바람을 즐겨요

그래도 가장 그리운 것은 엄니 얼굴이라
점과 선을 이어 마음껏 그려보지만
시방 굽어버린 허리를 잡을 수 없어
지는 달을 바라볼 수밖에 없구려

이승에 남은 짐이 다할 때
내 그곳에 갈 터이니 걱정 말고 잘 계시오
날 업고 천간을 오가려면
튼튼해야 하지 않겠소

숟가락

찬 없어도 그림 있다면 잘들 먹는다
젓가락이 필요한 일이라면
숟가락조차 뺏어버리기에
그래서 난 숟가락을 버렸다

스위치

부침개 좀 더 부쳐주세요
한마디면 이 초 만에 나오는 부침개
반죽의 한 면은 속살까지 보여 준다
위험하다 심장이 타버린 지짐
어떤 청구가 있을지 스위치를 연다

스크래치

휴지에 일렁이는 바람
트리트먼트 하듯 나를 바라본다
마찰이 있어 생명이 있는 현장
찢었다 잡았다 놓았다
배고픈 상사의 먹이가 된 나 같아
혼내지 못하고 이면의 생각
진공청소기로 빨아들이며 버려진다
마찰이 사라진 공간의 온도는 겨울

로그

급체라도 한 듯 신호가 멈추지 않는 날이 있다
센서가 오류를 내는 건지
점검해봐야 하는 날이 있다
감각과 달리 전공의 소견은 이상 없음으로
약간의 과로로 판단하며
수액을 권해주는 날도 있다
그런 날은 말하자 소중한 사람들에게
사랑한다고 고마웠다고 내일 또 보자고

악수

가위 바위 보 우리의 시간
음식물쓰레기통처럼 바래간다
벌겋게 벗어진 손에 피어나는 피
한 번 찍고 나면 바위로 갈 수는 없다
타산이 맞지 않는 거래 게 다리 같은 가위
현란한 가위질을 끝없이 해도 한번 벗어난 피는
새로운 타점을 제공하지 않는다

안전진단 C등급

벽을 허물어보아요
배관 안으로 콧물 한차례 흘러내렸는데
화재경보기 타며 심장 깊이 울립니다
콘센트 과부하와 다른 느낌은 거 아나요
골조가 무너지고 틀어져야 녹 쓸 거 같나요
그럼 멈춰주세요 우리 상실되기 전에
우리의 거리 공기청정기 한번 돌리자구요

여름밤

해그늘 펼쳐진 여름밤
정자에 앉아 달빛을 마주합니다

모기들의 향연에 이어 메뚜기의 연주가 시작됩니다
초롱 피워 다그칠까 하다
샛바람에 붙어 넘어온 비님의 연가에
그만 소매 자락을 가지런히 하고
목탁을 치며 답가를 보냅니다

산을 울리는 괴한 소리에
산사의 식구들이 한 곡조 뽐내자
메아리치던 마음은 한 줌 흙으로 돌아가고
천둥 치던 하늘은 살가운 바람이 되어
대지에 푸르른 선물을 남기고
까만 별 속으로 떠납니다.

주지 스님의 염불 소리가 들려오네요
그만 내려가야겠어요

연극

인생이란 가면 속 연극
슬픔은 왜 이다지도 많은지
어차피 한 편의 꿈이라면
즐겁게 살다 가면 그만일 텐데
무슨 감정이 이리 많아서
삶의 영원한 동반자가 되는지
저승사자가 다른 게 아니야
감정이 없다면 그게 죽음인거지
뭐야? 이놈아 그러면 내가 죽은 게냐
어처구니가 없어서 얌마 감정타령 할 거면
조기 가서 이삭이나 주서와

우리 수직입니까

삶을 수용한 다이버 슈트를 입은 이들
수평에서 촉촉함을 위협받고
수직으로 가는 구간 간섭 받습니다
저마다의 경계 삼엄해진 바탕
면회실에 남은 사자 한 마리

이발

걸어가는 머리카락
눈에 보이면 이발하러 간다
듬성듬성 난 수염에 인사도 하고
모발에 민둥산 되어 나오면
마음이 예쁘다

일상을 찾아서

안경을 두 손으로 닦는 친구를 본 적 있다
안경 태가 망가지지 않게 스펀지 다루듯 살살
태를 걸칠 때도 두 손으로 반듯하게
침상에 들 때도 두 손으로 가지런히

우리의 손은 두 개이고 열 개의 손가락으로
가장 능률적인 행동을 할 수 있음은 누구나 안다
그 친구의 행상은 그것과 달랐음을 그도 알 것이다
하지만 그의 안경은 격이 생기지 않았다

해가 저물도록 같은 태 같은 행상이다
우리가 그토록 바라는 일상을
그 친구는 마음으로부터 실천하고 체험해 왔다
일상의 신비로움은 어문 데 있지 않음을 나는 알았다

점

빈 문서를 열며 새 문서가 되니
물질을 사용하는 것과 다른 원리처럼 보이지
이 차이를 이해하려 펜을 들 생각 않길 바라
에나멜을 지우려 폴리시리무버를 사용치 않는데
값이 어떻게 생기는지 기재사항을 눈여겨 봐
어쩜 폴리그래프로 볼 수 있을지도 모르겠네
필수 기재사항과 선택적 동의 사항들
면밀히 확인하며 점을 찍는 순간 끝내
갈등하던 마음에 기쁨이 찾아오는 걸 경험해 봐

젓가락

사선을 긋고 지나치고
때론 부리를 물어뜯을지라도
젓가락 짝꿍이 그대라
나 혼자선 휘저을 수밖에

포크처럼 날이 여럿도 아니레
숟가락처럼 받침이 큰 것도 아니라
짝 없음 날개 달아 훨훨 날아 가고파도
모래바람만 낼 수밖에

이 하나 없어도 숨구멍 넓어지는데
짝 당신 없으니 암 것도 못 하겠구려

지나가는 날

짓궂은 장난도 고래처럼 지나가는 날
익어가는 머리는 받아쓰기에 잠겼습니다
정오의 문자는 걸음걸음 사라지지 않은 채
현관에 조립된 레고만 덩그러니 놓여 있습니다
지나가는 날 토공에게 빛을 내야 할 판입니다

창문 없는 집

창문 없는 집에서 살며 그곳에서 아이를 기르고 싶다
손뼉 밖에서도 햇빛을 잡을 능력을 주고 싶다
손등에 서리지 않는 빛을 그려 보렴
내게 그 창문이 되어주겠니

지평선 집게

구름이 지난날 하늘에 구름이 있다
맑았다 개었다 속닥이는 새들처럼
시시각각 신호를 보낸다 빨래 걷어라

침탈

명찰에 박힌 내 이름 뜯어냈다
나 아닌 가문에 다가오는 걸음
발자국까지 빨개지기 싫었다

그랬던 나 이제 그 걸음 필요하다
동서남북 구분 없이 다니는 나를
가족에게 인도하는 힘이 된다

타일

낙수의 끝 절삭된 모양을 보니
곧 바둑판 하나 선물 받을 거 같다
식구가 없던 곳에 효계가 생기니
걸음나비마다 거리를 밝히겠구나
스포트라이트도 한번 생각해 볼까
니케의 번호가 어디 있더라

추가수당

소년이 파란 장화를 신고 논두렁을 뛰어다니면
할아버지가 이놈하곤 맴매하러 좇아 옵니다
그 모습이 재밌었는지 소년은 웃음을 터뜨리며
계주라도 하듯 이삭을 밟으며 요리조리 내달리고
할아비는 아이가 갯논 아래로 떨어질까 노심초사
아홉 구자 주름을 잡으며
게 서라 외치며 질주합니다

한번 흥이 난 아이는 쥐불놀이라도 하려는지
논두렁을 타고 허수아비와 춤추고 노래합니다
할아비는 거머리에게 물렸을까
그만 주저앉아 울먹이며
아서라 아서라 외치는데
그게 참 슬프면서 웃음이 납니다

마침 보랏빛 석양이 지고
아해 입모양을 닮은 달이 고개를 내미네요
우리 불꽃을 태우며
신령께 염원을 빌며 밤하늘에 답가를 보낼까요
나뭇가지 사이에 웃음 지으며
바람자락에 기침 태우는 여러분
감나무 그만 간지럼 태우고
여울목에 마주 앉아 우리 함께 연주합시다

퇴장

나를 위해 준비한 수십 개의 총알 덕분인지
양다리 어깨너비만큼 벌리고 있는 피아노
이제 악기사로 보내려 했는데
너의 사랑으로 마지막 연주 선물 받네
나의 총에 너의 탄알을 넣고 널 조준할 건데
가기 싫으면 마스크 벗으면 돼

헤진 거리

퇴근길 깜빡이 등 켜고 바라봤다
내 앞치마를 채운 학교 앞 정취

잔치국수 같은 문구점 사라지고
가로수마다 무인판매소 들어섰다

오락기 쥔 선장 뒤 짐짓 응원하던
학생들의 모습도 더 이상 볼 수 없다

깜빡거리는 건 나의 눈동자와
거리를 알리는 숫자뿐

호흡의 줄기

역사에서 간혹 마주하던 빛을 보았다
승강장을 향하는 한 여성
기차가 들어오는 소리에 훌라후프를 탄다

나비 발자국 따라가도 충분한 걸 알지만
차마 내뱉지 못했다 괜찮다는 그 한마디
언제 다시 울릴 소리인지 모르기에
그녀의 호흡 존중할 수밖에 없었다

이내 열차가 곧 출발한다는 방송이 들려온다
가쁜 숨 내쉬며 달려간 그녀
낯빛은 썩어 문드러진 사과 같은데
그녀의 마음은 어떤 빛을 품었는지 싱그럽다

환승

결제 하실까요 일시불로 하시겠습니까? 다음 달 말일 등록한 번호로 결제가 진행됨을 고지해 드리며 본 품은 다른 제품과 달리 교환 및 반품이 불가하나 문제 있을 시 영수증 지참하여 7일 이내 방문해 주시면

도와 드리겠습니다 가시겠습니다.

횡령

내 오른손 여백이 있어요
이면지와 같은 느낌
안과 밖이 궁금한데
사실 양쪽 다 그림은 있어요
세종대왕 이이 이황
신사임당이 가장 이면지 같아
여러모로 잘 사용했어요
그러다 대차게 혼났어요
엄마에게 처음으로 욕 듣고
텔레비전과 신문에도 보도 됐어요
여백을 준 게 아니라
여백을 훔쳐 왔다며 말예요

흐리게 하기

심장 박동이 빠르게 올라가는 너
마치 나와 비슷한 면이 있어 친구야
하지 않은 걸 했다 하면 호흡이 가빠지고
혀와 자세가 꼬여 모든 게 엉망이 돼
너도 그렇지 그럴 때 잠깐 저 암각화 바라보며
마음을 평온하게 다스려보는 거 어떨까
바다야 네가 화나면 우리 다 사라져야 해
저들처럼 천천히 흐려지자 알겠지

흙이 내린 자리

발톱 챙기는 게 여간 힘든 일이 아니다
발 없으면 디디지 못하면서 하는 나약한 변명
백화점과 달리 흙의 자리는
너의 발에 꼭 맞는 균형을 잡아준다
너는 흙이 내린 자리에게 한 번이라도
인사를 한 적 있는가

나는 무교입니다

부처님 오신 날
성탄절 주중 주일 미사
나와 어울리지 않는 것들
나는 마당 한번 더 쓸겠습니다
무교인 나의 마음처럼

등

나는 보았다.
오늘도 어김없이 비가 한바탕 내렸다.

나는 보고 있다.
홍우에 젖은 이들과 뭉게구름을 피우는 이들은
여전히 거리를 헤맨다.

나는 볼 수 있다.
별님 하나 없는 밤하늘을 비아냥거리기라도
하듯 이곳 도시의 수많은 거리에는 전신들의
향연이 만연하다.

나를 보았다.
지난 시간 동안 내게 닥쳤던 여러 번의 상처가
흐르는 빗방울에 흘려 깨끗하게 정화되는 것을
보았다.

나는 볼 것이다.
태풍의 눈을 이겨낸 자의 진실된 마음과 숭고한
뜻이 곧 세상을 밝히는 등불이 되어 초를 켜는
것을 볼 것이다.

아날로그 169.3MHz
Analogu

—

서 평

초영 김성일

시집 『아날로그』를 읽으며

초영 김성일

1. 머리말

김기평 시인의 시 세계는 문학의 주파수를 물리력으로 읊은 빛나는 서정(抒情)의 산실이다.

그녀가 읊조리는 운율을 간직한 언어들은 음악이요, 선(線)과 색(色)이 살아 숨 쉬는 미술이다.

서양화가 눈에 보이는 것을 그대로 화폭에 담기 위해 원근법을 이용하고 다양한 색을 이용해 사진처럼 생생한 그림을 그리듯 그녀의 시는 다양한 삶과 사랑의 질곡을 화려하고 은은한 조명으로 나타내었다.

시의 주제에 따라 인물, 정물, 풍경 등을 추상하면서 시제(詩題)를 자유롭게 구축하였다. 좋은 시는 시인의 진실이 핏줄처럼 시어(詩語) 속에 녹아 있어야 한다.

"시는 나에게 자식 같은 존재라 제각기 이름표처럼 사랑받고 꽃 피울 수 있기를 바라는 어머니의 심정이라 할까! 시가 밝은 사회 좋은 세상 열어가는 데 인연의 끈으로 이어지고 배부른 빵이 될 수 있으면 좋겠다."

김기평 시인이 「시인의 말」에서 밝힌 바람이다.

우리는 위 소망으로 그녀의 마음속에 내재되어 있는 아날로그의 가치를 읽을 수 있다.

그녀는 필자(筆者)와의 첫 통화에서 예를 갖추어 서로 인사한 후에 "저는 김녕김가 충의공파 28대 손입니다."라고 자신을 밝혔다.

뿌리는 나무의 근본이요 나무는 숲의 원천이다. 물질문명으로 치닫는 현대사회에서 우리들은 숲의 아름다움만 즐기려 들고 숲의 생성과정은 등한시하고 있지나 않은지. 필자는 그녀와의 짧은 대화에서 시인의 뿌리에 관한 자긍심을 읽을 수 있어서 행복했다.

김기평 시인, 그녀의 예술적 재능은 화가로서 서양화개인전 5회, 초대개인전 2회의 열정을 보더라도 충분히 감동되는 활동이다.

진정한 예술가는 예술로 말한다. 미술가는 그림으로, 시인은 시로 자신의 예술성을 독자들에게 알리고 인정받는다.

금번에 도서출판 신진(대표 황우연)에서 출판·상제 되는 모자시집(母子詩集) 아날로그(analogu)는 문학의 지평을 더욱더 넓히고 시집에 수록된 주옥같은 서정과 운율의 교향곡은 독자들에게 사고(思考)와 기쁨을 줄 것으로 믿는다.

김기평 시인 그녀의 시는 단아(端雅)하면서도 은유와 해학과 짧은 시 속속들이 석류알처럼 진주빛 다이아몬드가 춤을 추고 있다.

난해하거나 군더더기라곤 찾아볼 수 없다. 깔끔하다. 그녀가 그린 그림처럼 소재나 주제의식이 분명하다.

한마디로 그녀의 시를 읽다 보면 시어 속에 마법이 존재하는 듯이 어깨가 저절로 들썩인다.

그녀의 시에는 알레고리(allegory)의 은유(隱喩)나 메타포(metaphor)의 행동적 개념이 시어의 융합으로 단시(短詩)이면서도 적절하게 내포되어 부드러운 융단처럼 독자에게 포근함으로 다가온다.

2. 은혜가 가득한 시심에 축복이

은혜는 베풀수록 자신에게 되돌아오는 것이 인과의 법리이다. 시인은 가을 속에서 화자와 대화를 하면서 사랑을 일깨우고 있다.

가을은 시인과 친구가 되고, 은혜가 되고, 같이 자연이 되는 의인법으로 가을을 맞이하고 있다.

> 눈길 닿는 곳마다 아름답게 하시고
> 마음 닿는 곳마다 웃게 하시고
> 손길 닿는 곳마다 풍족하게 하시네
>
> 모든 것을 높게 보도록 허락해 주시고
> 모든 것을 넓게 보도록 베푸시니
> 용서가 안 되는 것도 없고
> 다 사랑하게 만드시니 당신은
> 위대한 가을입니다
>
> — 김기평 「가을은」 전문

가을을 창조주 신에 은유하고 있지만 정작 신은 가을을
보는 그녀 자신의 아름다운 심성이다.

시인의 여린 심성은 가수 임영웅에게 김치 나눔을 가진
명인 「강순의 할머니를 생각하며」에서도 잘 나타난다.

그녀의 고향에 별들이 잔치를 열고 있다.

내 고향 겨울밤은
자고 일어나면 논밭에
하얀 선물이 가득

내 고향 겨울밤은
방문을 걸어 잠가도
코끝이 시렸는데

내 고향 겨울밤은
조명보다 빛나는
반짝이는 별들이
잔치를 열었는데

하나둘 정든 얼굴은
하늘로 소풍 떠나고
나이 든 당산나무가
고향을 지키네요

– 김기평 「고향」 전문

시인의 고향은 우리 모두의 고향이다. 길고 추운 겨울밤

할머니의 옛이야기가 생각 키우는 시다.

화가인 그녀의 화폭에 담겨있을 구름 한 점은 어떠했을
까? 신선에게 잡혀있을 농후한 자연(自然)을 시적 모티브
(motive)로 발아시킨 김기평 시인의 감수성은 허공을 자
유자재로 산책하는 함축과 은유로 시의 진수를 단시(短詩)
속에서 멋지게 표현하는 천재성을 보여주고 있다.

> 꽃바람이 그리웠나
> 산을 타던 먹구름 한 점
> 팔공산 목젖 장화 신은
> 신선에게 잡혀버렸구려
>
> — 김기평 「구름 한 점」 전문

시인의 단시 여행은 복잡한 현대사회생활에 청량음료처
럼 지속되고 있다.

> 그냥 좋아
> 이유 없이 좋아
> 원래부터 그래서
> 그래도 어디가 좋아
> 다 좋아
>
> — 김기평 「다 좋아」 전문

김기평 시인의 순수한 감성이 욕심 없는 구름처럼 해탈
의 경지를 넘어서는 포용으로 다 좋아라 외치는 모습이 중
년을 넘어서는 연륜에 아침이슬처럼 맑고 곱다. 그 속에 은

밀하게 감추어진 주제를 인식하고 추상하는 것은 독자의
몫이다.

3. 도화(桃花)처럼 붉게 물드는 사랑 메시지

김기평 시인의 사랑은 강렬하면서도 수채화처럼 은은하
다. 붉은 봉숭아 꽃잎을 따다가 호박돌 콕콕 찧어 아가 손
손톱 곱게 물들이던 어머니의 손길처럼 따뜻하면서도 고고
한 장미꽃처럼 자아(自我)를 선홍으로 물들이고 있다.

때로는 가슴에 묻어야 할 사랑도
그리움으로 아파하지요
애써 잊으려 했던 마음에
흔적처럼 멍이 들어 있어요
누군가에게 내 사랑을 얘기하고
위로도 받고 싶었지만
당신을 위해 참아야 하는 사랑임을
우린 너무 잘 알고 있어요
때로는 가슴에 묻어야 할 사랑도
지독한 그리움에 눈물지어요
처음부터 알고 시작한 사랑인데
우연히 길에서 마주하더라도
당신을 위해 참아야 하는 사랑임을
우린 너무 잘 알고 있어요

— 김기평 「사랑」 전문

시인의 「사랑」을 읽어나가다가 필자(筆者)의 시·노래

「비련(悲戀)」과도 심성이 닮아있다는 생각이 드는 것은 누구나가 사랑을 하면 이타적인 바보가 된다는 참사랑의 본질 때문이었으리라.

시인의 순수한 감성이 명품도자기처럼 빚어낸 그녀의 사랑 그 사연에 귀 기울여보자.

거센 파도에 실려간
아픈 사연들
바다야 너는 다 알고 있제
고래잡이 아재가
어디 있는지
성난 파도가 삼켜버린
아픈 사연들
바다야 너는 다 알고 있잖아

억울하고 두려워서
밤마다 바다 한가운데
울고 있는 목소리를
누군가가 다가와
서린 한을
풀어주고 갈 것을
기약하지만
알아주는 이가 없구나

— 김기평 「사연」 전문

2연으로 끝맺음한 시인의 「사연」은 바다를 향하여 못다

푼 사랑의 여백을 채우려 하고 있지만 채워도 채워도 다 차지 않는 사랑의 특성을 서린 한으로 가슴에 담고 있는 순애보, 아가페(agape)의 사랑을 독자들은 알 것으로 믿는다.

김기평 시인의 사랑 고백은 한평생 부부의 인연을 쌓아온 당신에게로 귀결하는 리얼리티(reality)로 지나온 세월을 유추하고 있다.

나 같은 사람 어디 또 있을까요
이 나이 되어도 영감밖에 모르는
당신의 할멈
문밖을 나가도 집에 있는 영감 생각
식사는 챙겨 드셨나 심심하지는 않은지
검은 머리 흰머리가 될 때까지
변치 말고 살자던 혼인서약을
영감도 나도 날마다 다지며
살아온 세월
이 나이가 되고 보니 젊은 시절
토닥토닥 다툼도 샐쭉샐쭉
토라짐도 행복이었소

나 같은 사람 어디 또 있을까요
문밖을 나가도 집에 있는 영감 생각
단잠을 주무셨는지 심심하지는 않은지
검은 머리 흰머리 될 때까지
변치 말고 살자던 혼인서약을
영감도 나도 날마다 다지며

살아온 세월
돌아보니 모든 것이 사랑이었소
영감 한 가지만 부탁이 있소
꽃과 벌처럼 살다가 웃으면서
같은 날 손잡고 눈감도록 해요
돌아보니 모든 것이 사랑이었소

                    – 김기평 「사랑이었소」 전문

시어(詩語)로서 덜 다듬어진 듯한 느낌이지만 트로트 인기곡 「아내에게 바치는 노래」를 연상하는 「남편에게 바치는 노래」 가사로도 손색이 없는 애절한 시인의 사랑이 아름답다.

시인의 삶은 화가로서 아내로서, 어머니로서의 정점에서 사고(思考)하면서 자신을 다독이고 있음을 ––"철들며 살자 / 간절하게 살자 / 왔다가는 인생 / 의미 있게 살자 (1연) 팔자 탓하지 말고, 세월 원망하지 말고, 부지런하고 바르게 살자,라고 은혜로운 생활의 이치를 「삶」으로 읊고 있다.

4. 세월 속에 익어가는 중년의 예술혼에 서광이 별빛처럼

그녀가 가지는 화가의 섬세한 눈과 사실적인 관념, 추상하는 상상력은 詩속에서도 단아한 시어들로 현실을 직시하고 간결한 서정으로 성찰하면서 삶의 깊이를 유추하고 있다. 그녀의 세월 속으로 들어가 보자.

세월은 흘러 흘러
인생을 느끼게 하고

삶의 소중함을
깨닫게 했습니다

주름진 얼굴도
주름진 손도 그냥
얻어진 게 아니었습니다

검은 머리카락 틈에
반갑지 않은 새치가
한두 개 자리 잡을 때
가슴 한쪽이 무너질 듯
허전했던 적도 있었지요

하얗게 백발이 되고 보니
저만치 앞서 와 기다려준
세월이 스승이었습니다

- 김기평 「세월」 전문

‘세월에 항우장사 없다’라고 한다. 그녀 역시 세월을 잡지
도 못하고 막지도 못하고, 마음은 바쁜데 천하태평같이 따
라오면서도 앞질러 가는 세월을 시절꽃에 비유하면서 떠오
르는 해를 좋아하는 동심에 젖어 있어서 예술가의 진수(眞
髓)를 볼 수 있다.

아버지가 웃는 날은
따로 있어서

부처님 오신 날도 아니고
예수님 오신 날도 아니었어
당신께서 태어나신
생일날도 아니었어
어머니가 아궁이에 불을 지피면
보글보글 밥 냄새가 연기 타고
지붕 위로 날아가
하늘 세상 가는 날이었어요

아버지가 웃는 날은
따로 있어서
부처님 오신 날도 아니고
예수님 오신 날도 아니었어
당신께서 태어나신
생일날도 아니었어
아이들의 글 읽는 소리가
동구 밖을 지나
세상 속으로 퍼져 나갈 때였어요
　　　　　　 － 김기평 「아버지가 가장 크게 웃는 날」 전문

　사람은 누구나. 초년에는 부모에게 의지하다가 부모가 되
는 중년에 자식걱정 하다가 노년에 들어서면, 다시 말해 철
이 들면 부모님 생각이 더욱 간절해지기 마련이다.
　――"어머니가 아궁이에 불을 지피면 / 보글보글 밥 냄새
가 연기 타고 / 지붕 위로 날아가 / 하늘 세상 가는 날이었
어요"―― 아버지의 크게 웃으시는 날이 얼마나 멋진 로맨

티시즘인가 얼마나 담백하고 멋스러운가.

2연 말미에서 ――"아이들의 글 읽는 소리가 / 동구 밖을 지나 / 세상 속으로 퍼져 나갈 때였어요"―― 아버지의 자식 사랑이 아름답게 직조(織造)되어 있는 시다.

> 어머니의 손을 이끌며
> 담장 너머로 소풍을 갔다
> 논두렁 밭두렁이 끝없이
> 이어져 있는 풍경
> 날마다 마주하는 아름다움들이
> 오늘은 유난히 반짝이며 빛이 난다
> 어머니의 얼굴은 복사꽃같이 곱고
> 입가에 함박꽃이 피었다
> 소싯적 어머니가 쥐여 준 도시락을 들고
> 소풍 갔던 기억들이 스쳐 지나갔지만
> 오늘만큼 감성적이지 못했다
> 수없이 고사리손을 잡아준 어머니의 손은
> 이제 인고의 세월이 느껴지니 말이다
>
> ― 김기평 「어머니와 소풍」 전문

어릴 적 엄마 손을 잡고 걷던 소풍길을 연로한 어머니를 부축하면서 걸어가고 있는 모녀의 풍경이 한 폭의 그림으로 독자에게 와닿는 인생시다.

자식으로 태어나 부부의 인연을 맺고 또다시 아기를 낳으면서 어머니가 되어 아픔과 고난의 질곡을 인내하면서 함께 걸어가는 모녀의 소풍길은 인생 그 자체이다.

이제 김기평 시인의 「여자 마음」 속으로 들어가서 함께
웃고 삶과 인생과 그녀의 사랑에 동참하면서 화가가 그려
낸 첫 시집 아날로그 전자파에 주목하고, 그림보다 더 아름
다운 그녀의 시심에 축하와 축복을 전해드린다.

여자 마음을 그렇게 모르나요
여자는 꽃이라는 말
그냥 있는 게 아니랍니다
사랑을 준 만큼 사랑받고 싶은 맘
그 맘이 잘못된 게 아니잖아요
얼마나 예쁜지 당신의 여자
한 번 보고 열 번 보고
백 번 보고 천 번 보아도
아깝지 않을 당신 여자랍니다

여자 마음을 그렇게 모르나요
당신을 믿고 사랑을 지켜가는
속 깊은 마음을요
여자는 꽃이라는 말
그냥 있는 게 아니랍니다
얼마나 예쁜지 당신의 여자
한 번 보고 열 번 보고
백 번 보고 천 번 보아도
아깝지 않을 당신 여자랍니다

- 김기평 「여자 마음」 전문

5. 산문의 해학적 시상(詩想)이 현실을 직시하고 은유하는 멋스러움

정태겸 시인은 연못에 투영된 그림자도 건져 올리려는 냉철한 시야로 시의 영역을 구축하고 사유(思惟)하면서 자신의 내면을 거침없이 표효하는 야심 찬 작가로서 현실을 우회적인 자각(自覺)으로 읊고 있다.

그의 시는 '시는 언어 예술이다'라는 통념을 과감하게 벗어던지려는 시도와 함께 그가 가끔 카페에 들러 고온, 고압력으로 끓여진 에스프레소(espresso)의 쓴맛, 단맛, 짠맛이 시 전체에서 달달하게 때론 쓴 시어로 거침없이 표현되고 있다.

필자는 시인의 대담성이 자신감으로 이어져서 미래의 탄탄한 주춧돌이 되어 주었으면 하는 바람도 가져보면서 그의 시 속으로 들어가기로 하였다.

시는 느낌이다. 순간순간 일어나는 찰나의 행복, 기쁨, 슬픔들의 감성으로 읊조리면서 시어로 직조(織造)하고 하나의 문장을 완성하며 언어의 연금술사가 되어 나가는 과정을 거치면서 독자들의 심금에 아릿한 공감을 주어야 좋은 시가 탄생한다.

삶에 공휴일이 없듯이 시 쓰기에도 공휴일은 없어야 진정한 시인이 된다.

삶에는 공휴일이 없다
일을 하지 않고 쉴 때는 있어도
숨은 쉬고 밥을 먹고 화장실도 간다
말도 나누고 이야기도 하고 잠을 자고

텔레비전을 끈다 오늘 영화는 재미가 없네
- 정태겸 「공휴일」 전문

　짧은 산문시에 인간의 생존법칙에 공휴일이란 존재할 수
없음을 쉽게 풀어주고 있다. 그런데도 현실은 언제나 녹녹
하지 않음을 '오늘 영화는 재미가 없네'로 마무리한 점이 돋
보인다.

부처님 오신 날
성탄절 주중 주일 미사
나와 어울리지 않는 것들
나는 마당 한번 더 쓸겠습니다
무교인 나의 마음처럼
- 정태겸 「나는 무교입니다」 전문

　정태겸 시인의 현실적 사상(思想)은 주지시의 성격으로
독자들에게 다가서려 하고 있다.
　불교도 기독교도 믿지 않는 화자의 종교는 '삶과 문학'으
로 귀결된다.

　도솔천이 따로 있나 걱정 없다면 이곳이 바로 도솔천이지.
해님이 반짝하면 뜨뜻한 국물이 먹고 잡고 달님이 번쩍하
면 먹다만 누룽지가 생각나네. 생각의 나래에 빠지면 부
엌엔 쥐들의 침공이 시작됨서 엄니의 화끈한 주걱 내 뺨에
내리 앉네. 쌉쌀한 아픔은 이내 가라앉고 눌어붙은 밥풀로
입맛을 다시며 웃지. 슬금슬금 소매자락 훔치며 누런 주전

자 뱃속에 삼키면 천국이 따로 없네. 통통한 뱃가죽 쓰다 듬고 스레트지붕에 올라 눈꺼풀 잠그고 한바탕 시간 붙이면 세상이 내 것이지. 다가오는 매는 맵지만 무엇이 걱정이요? 닭은 모이 먹으며 자라고 소도 여물 주면 크고, 사람도 마찬가진데. 세상지사 나고 자라고 살아가는 게 하루이틀에 끝날쏘냐. 것도 아닌데 뭐 그리 급하당가. 그리 하다 골병듭니다. 건널목 베짱이처럼 쉬어가도 일할 날은 태양 같다네. 저 하늘의 별처럼 여유를 가지세.

– 정태겸 「도솔천 지붕」 전문

도솔천은 천계(天界)에 있는 육욕천(六慾天)의 넷째 하늘로 미륵보살이 살며, 미륵보살은 내세에 성불하여 사바세계에서 중생을 제도하리라는 보살이며, 도솔천은 영혼이 쉼 하는 곳으로 근심걱정 없는 곳을 뜻한다.

정태겸 시인은 천하태평이다. 시인의 순진무구함은 세상만사를 긍정과 자신감으로 받아들이는 선인(仙人)에 가깝다고 평가해도 될 듯, 초자연적이면서도 자아(自我)를 중시하고 있다.

시인의 패기 넘치는 시어들을 접하면서 필자는 기쁨과 우려가 동시에 느껴지는 뿌듯한 감성에 젖어들었다.

시인의 눈에 비친 삶의 무게 생활의 활력, 사랑으로 불리워지는 기쁨과 희열의 저울은 어느 쪽으로 기울어질까.

자식이 보는 어버이의 등
어버이가 보는 자식의 등
마음을 담은 무게는 다르다

사랑을 담은 마음은 똑같다
그래서 저울은 갈팡질팡 할 거다

그러나 눈금으로는 읽을 수 있다
사랑이라는 이름 마음의 눈금으로
마음에 세월을 넘어 사람으로
마음의 무게를 놓을 수 있다
                    - 정태겸 「마음의 저울」 전문

 섬세한 시인의 감성은 어버이의 사랑과 자식의 사랑이
'play with love'가 아닌, 순수하고 절실한 혈연의 사랑임을
역설하고 있다. 등의 모습은 세월을 먹고 살아온 연륜으로
다르지만 본질적 사랑은 따뜻하기만 한데 어찌 저울에 달
수 있겠는가.
 끝으로 독자에게 상상과 시의 값을 나누는 정태겸 시인
의 시 「민초」와 함께 김기평·정태겸 시인이 세상에 선 보
이는 『아날로그』 시집의 사이클이 삼천리 방방곡곡에 감동
의 메아리가 되어 세계를 향한 훌륭한 모자(母子) 문인으
로 성장하시기를 기원드린다.

산천의 선을 따라 걸어보거라
어느 방향에도 얄푸른 생명들이 있으며
저마다 원주율은 동일하게 적용된다

백성의 어진 덕은 절망이 아닌
앞구레 속에서도 피어나는 간절함이다

원심력을 다해 너도 주체를 이뤄봐라

내일 자동출금이니 잘 부탁한다

- 정태겸 「민초」 전문

초영 김 성 일

아호: 草瑛, 시인, 소설가, 작사가, 경남 김해 生, 경북 칠곡군 거주
《거제신문창간》 신춘문예 시 등단(1987), 《문학愛》등단 시문
학상 수상(2016), 《문학세계》 등단 소설문학상 수상(2017), 카
스문학회 초대회장(2017), 제1회 《한국청소년신문》 신춘문예
소설 당선(2019), 저서 시집 『사랑이 머문 세월』, 장편소설 『영
원의 침실』, 공저 『나비, 날다』, 『문학愛 강물이 흐르고』, 『詩
에 오솔길에』, 『文世 사람들 2호』, 『韓國을 빛낸 文人』, 『문학
愛.봄.여름.가을.겨울』, 『하늘비산방 10호』, 『좋은문학 17호』,
『문예세상 1~17호』, 『소설미학제 9호 단편 「개(犬)」 발표』,
『현대 명시 특선집』, 문학愛 작가협회부회장·심사위원, 문학
세계 정회원, 문세사람들 동인, 한국청소년신문 문화부장·논
설위원, 계간문예세상 주간·심사위원·작가회장, 가요작사
「능소화 사랑」, 「그대 손길에」, 「영산강사랑」, 「바람같은 인
생」, 「엄마의 향기」, 「봄오니 님이 오네」, 「불두화」, 「비련」,
「바람같은 인생」, 「구름 사랑」, 「그대 만나면」 외 다수

김기평 · 정태겸 시집

아날로그 169.3MHz
Analogu

인쇄 2023년 9월 11일
발행 2023년 9월 15일

지 은 이 : 김기평 · 정태겸

펴 낸 곳 : 도서출판 신진
등 록 일 : 2019년 3월 19일
등록번호 : 제 2019-000006 호
주　　소 : 대구시 중구 봉산문화길 15 (3F)
전　　화 : 053) 427-0025 · 010-3540-1623
팩　　스 : 053) 427-0038
E-mail : sinjin0025@hanmail.net

값 15,000원

ISBN 979-11-90834-17-9　03810